ANDREAS BÜGLER, HARZBRENNER

- Fragmente für einen historischen Roman -

Gesammelt und zum Teil gestaltet

von Burkhard Tomm-Bub, M. A.

Für Andreas Bügler und alle Menschen die Neues wagen.

1,- EURO SPENDE
pro Buch geht an die
Stiftung Unternehmen
Wald

https://www.wald.de/ueber-die-stiftung/

Andreas Bügler Harzbrenner
- Fragmente für einen Historischen Roman -

INHALT

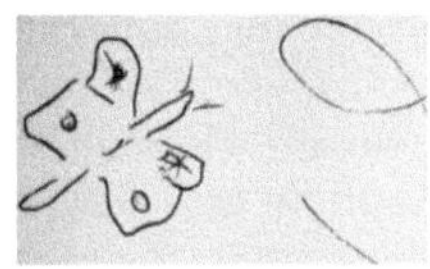

I. Das Versagen

Ich habe versagt.
Aber ich gebe nicht auf.
Noch nicht.
Und nicht vollständig.

Vor etwa zwei Jahrzehnten lernte ich Andreas Bügler kennen.
Seitdem bin ich der Meinung, dass den Taten dieses Menschen ein literarisches
Denkmal gebührt.
Er war kein Heerführer, kein Kriegsheld, kein großer Erfinder oder Politiker.
Er war viele Jahre Harzbrenner.
Und anno domini 1789 war er 88 Jahre alt.
In diesem Jahr begann die Französische Revolution.
Und auch die persönliche, friedliche, aber sehr bemerkenswerte Revolution von
Andreas Bügler nahm in diesem Jahr ihren konkreten Anfang.

In einer kleinen Broschüre des Ortes Elmstein von 1991 heißt es hierzu
sinngemäß:

Andreas Bügler (1701-1797), der seit 1740 Harzbrenner bei der Geisswiese war,
ersteigerte 1789 den Erbbestand auf dem Geisskopf vom herzoglichen Haus
Zweibrücken. Ein Jahr später ging er formal auf die Büglersöhne Konrad und
Sebastian über, die dafür jährlich 200 Gulden und 6 Malter Korn an die Vogtei
Annweiler entrichteten.

Diese eigenständige Siedlung hatte etliche Jahrzehnte Bestand und erlebte
interessante und wechselhafte Zeiten. Die Nachkommen von Andreas erhielten sie
lange Zeit.

Am 23. Juni 1789 wurde der Geiskopf zum ersten Mal in Erbbestand gegeben. Da
im gleichen Jahr der Temporalbestand an der Geiswiese abgelaufen war, wurde er
dem Erbbestand auf dem Geiskopf zugeschlagen. Ersteigerer war der 88-jährige
Andreas Bügler, der damit sein lang ersehntes Ziel – Erbpächter auf dem Geiskopf
zu sein – erreicht hatte. Nun galt es für seine Söhne und deren Nachkommen, den
Hof zu erhalten und womöglich zu erweitern. Bügler hatte im östlich angrenzenden
Grobsbachtal schon einige Äcker und Wiesen in einer Talweitung anlegen lassen.
Um 1795 entstand dort der Hornesselwieserhof (250 m ü. NN) als Siedlungsplatz,
der bis heute in abgeänderter Form als Waldgaststätte „Stilles Tal" noch Bestand hat.
Andreas Bügler starb auf dem Geiskopf am 29. August 1797 im Alter von 96
Jahren. In den Jahren bis dahin wurde er auch "der Alte vom Berg" genannt. ...
Gegen den vom Staat beabsichtigten Ankauf aller Güter sträubten sich die
Hofbauern lange Zeit. Doch unter dem Druck der immer schlechteren
wirtschaftlichen Verhältnisse kam es dann am 20. November 1845 (!) zu dem
Verkauf. Im Laufe des folgenden Jahres sind die meisten Geiskopfbewohner
(inzwischen über 70 Personen) in die umliegenden Dörfer wie Elmstein, Appenthal,
Iggelbach, Hofstätten, Rinnthal, Dernbach und Eußerthal verzogen. Die letzten
Bewohner des Hofes folgten 1852. Durch die Forstbehörden wurden die Gebäude
abgerissen und die gesamte Fläche wurde aufgeforstet.

...
Diese Siedlung in der Mittelgebirgslandschaft Pfälzerwald setzte sich also bewußt ab von den nächstgelegenen Orten Iggelbach, Elmstein, etc.

...

Bei einem Waldspaziergang um die Jahrtausendwende stieß ich zufällig auf die ersten Hinweise und Informationen über dieses bemerkenswerte Projekt. Eine eigenartige Stimmung hatte sich meiner bemächtigt, als ich die Wege dort entlangging und auch mal ins Unterholz abwich. Es gab auch noch einige stark überwucherte kleine Hügelchen mit Resten der abgerissenen Gebäude, eine wirklich kleine Steintreppe und ähnliches.
Aus einem dieser niedrigen Bodenerhebungen "kratzte" ich bei einer späteren Exkursion einen der Steine, es ist ein für die Gegend recht typischer, roter Sandstein, wenn ich nicht irre.
Ein wirklich heftiger Sturm hatte etliche, auch hohe Bäume zu Boden geworfen um das betreffende Gebiet herum.
Einer von ihnen, ein wirklich hoher von beachtlichem Umfang, lag längst auf dem Waldboden, rechtwinklich einen Teil des großen Wurzelwerkes in den Himmel gereckt.
Einen "Baum von Unten" - so etwas hatte ich noch nie persönlich betrachtet.
Ich sprang also in die Vertiefung (schätzungsweise ca. 85 Zentimeter tief) und sah mir das an.
Schon bald fiel mir ein länglicher Stein im Wurzelwerk auf, ein untypischer, wie mir schien. Ich nahm ihn mit und besitze ihn, so wie den zweiten den ich später mitnahm, noch heute.
Während ich dies schreibe, liegt er vor mir ...

...

Ein literarisches Denkmal sollte also entstehen. So mein gefasster Vorsatz.
Das aber war wohl ein wenig eine Hybris von mir.
Meine Kräfte, meine Geduld, meine Begabung reichen ganz offensichtlich für einen kompletten Historischen Roman nicht aus. ...
Irgendwann musste ich mir dies eingestehen. Leicht war das nicht - aber nach mehreren Jahrzehnten sicherlich bereits überfällig.
 Doch was sollte ich nun tun?
Alle Rechercheergebnisse und angefangenen Kapitel "in der Schublade lassen", meinen Internetblog dazu künftig melden, bis ihn nach meinem Ableben irgendwann, irgendwer löschen würde? Mich halt anderen Dingen zuwenden ...?
Das aber war auch wieder schwer zu tragen.
 Erst nach etlicher Zeit hatte ich die - hoffentlich erlösende - Idee.
Ich pfeife einfach auf die üblichen Regeln!
Denn irgendwie ... Irgendwie hatte ja auch Andreas das so gemacht. Er starb einfach nicht in einem damals üblichen Lebensalter, wurde doppelt so alt wie eine Menge anderer Leute seinerzeit. Setzte sich nicht im Alter so gut wie möglich zur Ruhe, sondern startete dieses besondere Projekt einer Waldbauernsiedlung.
Ich wollte ohnehin nie Geld mit einem solchen Buch verdienen. Auch keinen Ruhm für mich persönlich einheimsen, als toller Schriftsteller.
Die Idee, die Vision und ihre Ausführung unter den damals schweren Bedingungen - um das damit gegebene Beispiel und die möglichen Lehren daraus - darum ging es mir ja.

Was also lege ich hier nun vor?
Ich weiß es nicht.
Keinen Historischen Roman.
Kein Sachbuch.
"Fragmente für einen historischen Roman" habe ich es im Untertitel genannt.
Möglicherweise, vielleicht, eventuell schreibt den ja später einmal eine Andere oder
ein Anderer. Mir soll es sehr recht sein!
Hier ist also ein Kaleidoskop aus gesammelten Informationen, Notizen, kleinen
fertigen Kapiteln, eines dabei von einer Ghostwriterin, mit der ich aber eng in
Absprache stand. Und von einigem mehr.
Linear ist diese Sache nicht. Und eine gehörige Anzahl von Spoilern ist
unausweichlich.

Aber es hat alles einen Sinn. Ich muss dabei nicht unbedigt wissen, welchen denn
genau.
Es reicht die Gewissheit.

****

Fensterblick

Die alte Trauerweide
im Hof
schüttelt,
im scharfen Wind,
ihr Haupt -
geduckt,
wie zur Flucht
- jeden Tag
sieht sie uns!

B. Tomm-Bub

II. Fragen, nur Fragen

Schon am Anfang stellten sich so einige.
Später wurden es mehr.
Manche ließen sich beantworten ...
Ein Teil von ihnen durch Informationen und Fakten.
Ein anderer durch Vorstellungvermögen und Fantasie.

Was und wo ist der Pfälzer Wald und wie ist seine Geschichte?
Was ist Iggelbach und wo ist es gelegen?
Wie war das Klima dort zur damaligen Zeit?
Wie erging es den Menschen?

Wer sind die Eltern von Andreas Bügler?
Was weiß man über sie?

Was ist Harzbrennen?
Wozu diente es?
Was ist ein Gauch, was eine Hoorrambel, was ein Ritterstein und was sind
Puzzolane?

Wie erging es der Waldbauernsiedlung, was war ihre Geschichte?
Wann und wie endete sie?

Welche Spuren in Raum und Zeit hinterließ Andreas Bügler und seine Idee?

. . .

III. VERSCHIEDENE ANTWORTEN

a) DER KALTE WALD

Was und wo ist der Pfälzer Wald und wie ist seine Geschichte?
Wie war das Klima dort zur damaligen Zeit?
Wie erging es den Menschen?

Die Mittelgebirgslandschaft Pfälzerwald (auch Pfälzer Wald), im Bundesland
Rheinland-Pfalz ist heute eines der größten zusammenhängenden Waldgebiete
Deutschlands. Seine Ausdehnung beträgt etwa 1771 km² wobei 82 bis 90 Prozent
der Fläche von Wald bedeckt sind. Das entspricht einem Quadrat von 42 x 42
Kilometern. Damit nimmt er ein gutes Drittel der gesamten Pfalz ein, deren zentrale
Landschaft er darstellt und von der er seinen Namen hat. Nur 30 Prozent kleiner ist
die südliche Fortsetzung des Naturraums auf französischem Boden, die hier
Nordvogesen genannt wird.

Andreas Bügler lebte von 1701 - 1797, dies umfasst also fast das gesamte 18
Jahrhundert.
Die Geschichte seiner Waldbauernsiedlung auf dem Geiskopf reicht jedoch bis in
die Mitte des 19 Jahrhunderts hinein (1846 / 1852) und hinterließ Spuren bis zum
heutigen Tag.

Der Walddistrikt Geiskopf (467 m) liegt im Mittleren Pfälzerwald südlich von
Iggelbach (Gemeinde Elmstein) und hat die Koordinaten:
 49° 18′ 45″ N, 7° 55′ 31″ O.

Zu diesen Zeiten herrschte eine Zwischeneiszeit, oder Kleine Eiszeit - genauer
gesagt etwas, das man später eine „neuzeitliche Gletscherhochstandsperiode"
nennen würde.
Schlimm waren hier besonders die Jahre von 1645 bis 1715. Die Folgen des
Dreißigjährigen Krieges (1618 bis 1648) waren noch nicht überwunden, die Pfalz
noch immer schwach bevölkert durch den enormen erbrachten Blutzoll. Und nun
war es auch noch kalt. Härtere und längere Winter, kürzere und naßkalte Sommer
waren die Folge. Ab etwa 1850 wurde es dann weltweit wärmer; dies gilt als Ende
der Kleinen Eiszeit.
Nach den großen Bevölkerungsverlusten während des Dreißigjährigen Krieges kam
es in der Pfalz ab dem ausgehenden 17. Jahrhundert zur Wiederherstellung und
Stabilisierung der Bevölkerungszahl dem dann ein erhöhtes
Bevölkerungswachstum folgte.
 Diese Entwicklung brachte allerdings mit sich, dass die Ressourcen der
Mittelgebirgslandschaft rasch erschöpft waren und Überbevölkerung und Armut
insbesondere im 19. Jahrhundert zu verstärkter Auswanderung unter anderem in
die Neue Welt (Amerika) führten. Auch ein Sohn von Andreas Bügler gehörte zu
diesen Auswanderern.
Berufe, die der Wald selbst bot, wie z. B. Holzfäller, Köhler, Flößer, Harzbrenner
(Pechsieder) und Aschebrenner ermöglichten seinerzeit nur ein kärgliches
Auskommen.

Traum der Bäume

Und es kam der Augenblick, in dem die Schöpfung die Bäume ins Dasein entließ. Und den Bäumen wurde gewahr, dass sie existierten und sie spürten ihre Kraft, die Kraft des Lebens. Und sie waren groß und kräftig und reckten ihre Äste in verschiedene Richtungen des Himmels. Doch schon bald begannen sie zu träumen, eine tiefe Sehnsucht erfasste sie. Ihr Traum war es zu tanzen, zu tanzen so wie die Menschen, die später kommen würden, es können.

Und die Schöpfung wurde dessen gewahr und sprach zu ihnen. „Ihr seid groß und ihr seid stark. Dies mag ich Euch nicht nehmen. Ihr seid standhaft und verbunden mit der Mutter Erde. Dies ist so wichtig – auch dessen mag ich Euch nicht berauben." Und die Schöpfung sann eine Weile nach.

„Wenn die Sehnsucht zu tanzen in Euch ist – so müsst ihr dies auch tun. Doch Euer Gefühl für die Zeit ist ein anderes, als das der Menschen, die später kommen werden. Vielfältig sollt ihr sein. Alle verwurzelt der Mutter, doch einige stärker, einige biegsamer in der Musik des Windes und des Lebens. Verschiedener Art und Farbe und Größe, doch alle von einem Stamm. Euer Kleid soll wechseln im Laufe der so unterschiedlichen Zeiten, die ein Jahr, die ein Leben mit sich bringt. Eure Äste und Zweige sollen wie ein Mosaik, wie ein Labyrinth, wie ein wunderbares Muster hinauf in den Himmel streben. Und alle Wesen, die die Musik in sich spüren und den Tanz des Lebens wirklich tanzen – sie werden Euren Traum und Eure Sehnsucht darin sehen und erkennen. Dort wird ihr Blick ihn finden – den Tanz der Bäume!"

So sprach die Schöpfung – und sie fügte hinzu: „Das ist das Geschenk, das ich Euch machen kann: die Fähigkeit all` dies nicht nur zu erträumen und zu ersehnen – sondern auch zu tun! Nun ist es an Euch. Tanzt! Wachst in diesem Tanze! Lebt …!"

B. Tomm-Bub

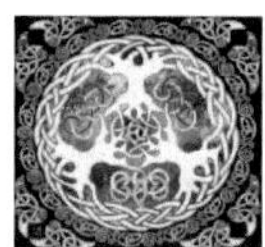

b) DIE ELTERN

Wer sind die Eltern von Andreas Bügler?
Was weiß man über sie?

Nun, viel weiß man objektiv betrachtet über sie nicht ...

Aber so könnte es gewesen sein:

EISZEIT UND ELTERN

 Eiszeit herrschte im Pfälzer Wald, eine Zwischeneiszeit - genauer gesagt etwas,
das man später vornehm eine „neuzeitliche Gletscherhochstandsperiode" nennen
würde.
Schlimm waren hier besonders die Jahre von 1645 bis 1715. Die Folgen des
Dreißigjährigen Krieges waren noch nicht überwunden, die Pfalz noch immer
schwach bevölkert durch den enormen erbrachten Blutzoll. Und nun war es auch
noch kalt. Härtere und längere Winter, kürzere und naßkalte Sommer peinigten die
Menschen, nahmen ihnen die Nahrung, das Licht und die Freude.
.
Doch sie sich nehmen zu lassen, war nicht jeder gewillt. Margarete nicht und auch
Hans Bügler nicht. Das Jahr 1700 war schon etliche Monate alt und bald würden
sie heiraten.
"Ein schönes Jahr ist es doch, um zum Altar zu gehen, meinst nicht, Hans?"
"Doch, da hast schon recht, eine runde Zahl ist`s, gut merken kann man sie sich ja
dann auch."
Margarete lachte. "Ach Hans, bist wieder ganz der handfeste Mensch, ja? Gut
merken ...!"
"Es wird aber auch Zeit, weißt Du ...". Sie schwieg bedeutungsvoll.
Hans saß noch einige Sekunden ruhig und sinnierend im Stroh, bevor sich seine
Augenbrauen hoben und ihm wohl etwas dämmerte. "Sag` Margret. Es wird Zeit?
Wie meinst jetzt Du denn das? Willst mir damit etwas sagen?!"
Margarete grinste breit, aber schelmisch. Manchmal konnte sie schon sehr direkt
auf das zusteuern, was sie eigentlich sagen wollte.
 Und auch ihr Selbstbewußtsein stand dem der Holzflößer im Tal zuweilen
keineswegs nach.
"Genauso, Hänschen! Und einen Namen habe ich auch schon dafür, denn ich will
zuerst einen Sohn. Andreas wird er heißen. Andreas Bügler!"

Sie warf ihm einen Blick zu und setzte mit einem seltsamen Lächeln hinzu: "Und
weißt Du - er wird alt werden. Wirklich alt. Er wird fast das ganze nächste
Jahrhundert sehen ...!"

* * *

c) SELTSAME BEGRIFFE

Recherchiert man über die damalige Zeit, über diese Siedlung der Waldbauern, über Andreas Beruf und Werdegang, so begegnen einem manch seltsame Begriffe ...

Was ist Harzbrennen?
Wozu diente es?
Was ist ein Gauch, was eine Hoorrambel, was ein Ritterstein und was sind Puzzolane?

Das Harzbrennen
 ... war jahrzehntelang der Beruf von Andreas Bügler.
Doch Andreas hatte eine Vision ...

Andreas Bügler

ANDREAS SEHNSUCHT

„Uegelnbach" – so hatten sie den Weiler, das kleine Dorf früher genannt.
Jetzt hieß es Iggelbach – und es war Andreas noch längst nicht klein genug.
Dabei war er keineswegs ein Einsiedler. „Aber fast doppelt so alt, wie manch` einer
von denen!", dachte er schmunzelnd.
Der Pfarrer hatte ihn vor einiger Zeit einmal beiseite genommen und mit ihm
gesprochen.
„Andreas," hatte er gesagt, „wir kennen uns nun schon so lange. Ich weiß, Du bist
ein fleißiger Mann – und begehst nicht mehr Waldfrevel, als jeder von uns. Du bist
nun aber schon so alt. Doch von Frömmigkeit sieht man bei Dir nach außen hin
nicht eben viel. Die Wahrheit ist – ich weiß nicht, wie es mit Dir und dem Herrgott
steht … Willst Du nicht einen echten Frieden machen mit Gott, mit Deinem
Schöpfer!"
Andreas hatte ihn einen Moment lang angesehen – und dann, fast lachend,
erwidert: „Ach, Adam, es ist nun so: ich habe noch eine ganze Menge vor zu tun!
Und mit dem Herrgott – ja habe ich denn Streit mit ihm? Von meiner Seite aus
gesehen nicht – und ich denk` mir nun, das muss so dann eben reichen!"
Zweifelnd und kopfschüttelnd hatte sich der Pfarrer kurz darauf verabschiedet. Er
war kein schlechter Kerl, das wusste Andreas Bügler, er hatte es gut gemeint.
Aber das Altenteil – das war für ihn noch nichts. Noch eine ganze Zeitlang nicht!
Dafür hatte er noch zu viele Pläne, zu viele Träume, eine Sehnsucht wenn man so
will.
Daran waren die Gespräche mit dem umherziehenden Franzosen vor vielen Jahren
nicht ganz unschuldig, den es wohl eher zufällig in den tiefen Pfälzerwald
verschlagen hatte. Nun ja, Franzose war der ja eigentlich gar nicht mehr, in
Wirklichkeit wohl nun ein „Schaumburgischer" von der Lippe, oben im Norden.
Mit „Renatus Schweinfurth" hatte er sich zunächst vorgestellt – doch bekannte er
später, nach manchem Schoppen Wein und vertraulichen Gesprächen, dass er in
Wirklichkeit Borchard de la Cour hieße. Seine Eltern, hugenottische Adelige, waren
1753 aus Frankreich heraus zum Graf Wilhelm Friedrich Ernst zu Schaumburg-
Lippe nach Norddeutschland geflohen. Weil es wieder einmal gegen die angeblich
„Andersgläubigen", die Hugenotten eben ging, wie Borchard sagte. Er kam gar ins
Hitzige dabei: „Schau` mich an, Andreas.", rief er, „Ich halte nicht so allzu viel von
Religion und Kirche, selbst vom Adel nicht. Doch sehr viel von Gerechtigkeit – und
Willkür, das ist etwas, das ich gar nicht leiden kann!" Er machte dann noch
Andeutungen, dass er wohl doch nicht nur völlig zufällig auf seiner Route sei, dass
ein jeder doch etwas tun müsse, für die Freiheit und die Selbstbestimmung, gleich
ob in Frankreich - oder im tiefsten Iggelbacher Wald! Borchard hatte dabei ein
seltsames Lächeln gezeigt, das Andreas etwas verstörte und sehr beeindruckte.
Einige Tage später zog der de la Cour dann wieder weiter und Andreas Bügler blieb
zunächst einmal zurück.
Und nun war Andreas 87 Jahre alt – und das Jahr 1789 stand vor der Tür!

+ + + + + +

Aufschau

Wolkenschiff
im azurnen Himmel

Träume geschehen lassend
im warmen Hauch
golddurchwirkter Luft
auf grünen und gelben Feldern
erdig lebenden Wegen
schweift mein Blick zu Dir
wie Du, ohne Ziel
schwebst
beharrlich
in Veränderung
von Form und Weg
und doch beständig.

B. Tomm-Bub

Zwischenkommentar

"Renatus Schweinfurth", alias "Borchard de la Cour".
Die männliche Form des Vornamens gibt es wirklich. Und die de la Cour gab es ja
auch - das ist alles soweit authentisch, auch die Jahreszahl.
Meine Vorfahren mütterlicherseits führten diesen Namen und Titel.
Nur den "wirklichen" Vornamen "Borchard" habe ich hinzu erfunden. ... die
französische Form von "Burkhard".
Ich will eigentlich möglichst wenig "hinzu erfinden". Die gesicherten geschichtlichen
Fakten sind eigentlich wahrlich interessant und spannend genug.
Aber den Renatus mag ich nochmals hervor holen.
Meine Idee ist, dass er freiwillig nach Frankreich zurück ging. Und dort die
Revolution mit vorbereitete.
Im selben Jahr wie ihr Beginn, 1789, ersteigerte Andreas Bügler ja den "Geisskopf".
Wenige Jahre später zogen diverse Truppen auch durch die Waldbauernsiedlung,
danach war die ganze Gegend längere Zeit französisch.
Ich denke Renatus wird, relativ spät, bei diesen Truppen sein. Vielleicht als
Hauptmann, oder als eine Form von Truppenbegleiter. Als "gemeiner Soldat" wohl
nicht - es sei denn, das wäre er wg. irgend einer "undercover - Geschichte".
Auf jeden Fall wird ein weiteres Gespräch mit Andreas statt finden.
Den genauen Inhalt weiß ich noch nicht. Etwas mit Selbstbestimmung wohl ...
Vielleicht darüber, wie und mit welchen Mitteln man kämpfen sollte, kämpfen darf.
Ich weiß es noch nicht. Wenn ich es geschrieben habe, werde ich es sehen.

= So etwas, das werden also fiktive Teile sein. Aber denkbare.
Auch das Geisterhafte wird dann ja wohl auch fiktiv.
Die "Horambel", das ist irgendwie seine Mutter, denke ich. Ich habe auch überlegt,
dass Geister nicht so eng umrissene Einzelpersonen sein müssen. Eher
"personalisierte Prinzipien" - allerdings von realen Menschen. Hieße hier, vielleicht
spielt hier nicht nur seine Mutter, sondern auch seine erste und / oder zweite
Ehefrau MIT hinein ...
Ähnlich bei dem zweiten Geist. Es ist wunderbar, dass der Volksmund da gleich
von Zweien spricht. So können sie des Nachts, im schwachen Mondschein unter
dem Blätterdach des Waldes, Dialoge führen. Über Selbstbestimmung, über den
Mut Neues zu wagen, egal in welchem Alter. Über Rückschläge und Niederlagen,
über Fortschritte und Erfolge - und nicht zuletzt um das Hinterlassen von Spuren in
der Zeit, um die Spuren in den Herzen und Köpfen der Menschen.
Der zweite Geist, das soll der letzte Besitzer sein - da war mir schon schnell klar,
dass in diesen zusätzlich noch Andreas Bügler selbst hinein spielen muss.
Der Rest soll aber auf der Realität beruhen, die ist wirklich sehr vielfältig und
spannend.

...

Licht

Manchmal sehe ich mich aufbrechen
noch in der Nacht

bin ich auf dem Weg
zum nächsten Hügel.
An seinem höchsten Punkt
lasse ich mich nieder
während die Sonne am Horizont erscheint.
Sitze im feuchten Gras
auf der sich erwärmenden Erde
und ziehe meine Flöte hervor
um mit den Vögeln ein Lied zu spielen
und es klingt gut.
Tiefe Zufriedenheit und Ruhe erfüllt mich
und ich sinke dann
in einen tiefen, erholsamen Schlaf
habe viele Träume
-bin einfach glücklich-
und fühle dann
meine Kraft
aus dem Schlaf
zu erwachen.

B. Tomm-Bub

Stein1, Foto von einem für die Gegend untypischem Stein, den ich um die Jahrtausendwende nach einem sehr heftigen Sturm in der Wurzel eines großen umgestürzten Baumes auf dem Gelände der Siedlung fand.
Wahrscheinlich Puzzolan.

Der Stein 1 hat (leicht gemittelt) folgende Maße:
16,4 X 3,7 x 2,5 cm.
Mithin wohl ein Volumen von 151,7 cm2.
Das Gewicht beträgt etwa 350 Gramm.
Dichte: 2,31

Stein 2, mutmaßlich roter Sandstein, aus einer kleinen Bodenerhebung, die früher ein Waldbauern-Haus war.

15 x 11 x 4 cm
660 cm2 Volumen
Gewicht ca. 1175 Gramm
Dichte: 1,78

...

Roter Sandstein

Die Felsentürme in der Südpfalz, die kunstvollen Toreinfahrten der Winzerhäuser, die Pfälzer Burgen oder Kirchen wie der Speyerer Dom: Roter Sandstein ist allgegenwärtig in den Natur- und Kulturdenkmälern der Pfalz – und zugleich der solide Untergrund, auf dem der Pfälzerwald ruht. Das Gestein ist vor etwa 250 Millionen Jahren entstanden, als urzeitliche Flüsse in einer sonst trockenen Wüstenlandschaft ihre Sedimente ablagerten. Eisenoxide verleihen dem Buntsandstein seine rötliche Färbung. Dort, wo heißes Thermalwasser das Eisen herauslöst und das Gestein bleicht, entsteht die gelbliche Variante. Das gleichzeitige Vorkommen von rotem und gelblichem Buntsandstein gehört zu den geologischen Besonderheiten der Pfalz.

Sandstein gehört zu den weichen Gesteinen und ist damit eher den so genannten „lebenden" Baumaterialien zuzuordnen. Die hohe Porosität von bis zu 25 Prozent macht ihn sowohl „atmungsaktiv" und feuchtigkeitsbindend als auch bedingt stabil.

Die vorherrschenden Gesteine des Buntsandsteins und Zechsteins bestimmen die Oberflächengestalt des Pfälzerwaldes und damit seine naturräumliche Abgrenzung.

Puzzolane

Puzzolane (auch Pozzolane) sind künstliche oder natürliche Gesteine aus Siliciumdioxid, Tonerde, Kalkstein, Eisenoxid und alkalischen Stoffen, die zumeist unter Hitzeeinwirkung entstanden sind. In Verbindung mit Calciumhydroxid und Wasser sind sie bindefähig.

... Puzzolanerde wurde bereits in der römischen Antike als Beimischung zu Tonen für die Keramikherstellung benutzt. Sie sollte, wie andere Beimischungen, so Strohhäcksel oder zerkleinerte Ziegel, für eine bessere Festigkeit des Endprodukts sorgen. Zudem kam die Puzzolanerde als Beimischung für den römischen Beton (lat. Opus Caementitium) und bei den Phöniziern zum Einsatz. ...

Opus caementicium (im Deutschen außer in archäologischen Fachpublikationen meist Opus caementitium geschrieben, auch Gussmauerwerk oder Römischer Beton genannt) ist die lateinische Bezeichnung für eine betonähnliche Substanz bzw. ein bestimmtes Herstellungsverfahren, mithilfe derer die Römer spätestens seit dem 3. Jahrhundert v. Chr. Teile von Mauern, später ganze Bauwerke errichteten. ...

D. h. erst durch die Beimengung der Puzzolane oder gemahlenen Ziegel erhält das opus caementicium jene hydraulischen Eigenschaften, durch die dieses Gemisch nach der Zugabe von Wasser zu druckfestem Stein aushärtete – ähnlich wie unser heutiger Beton bzw. Zement. Opus caementicium härtet daher auch unter Wasser aus. ...

Die Druckfestigkeiten von opus caementicium werden je nach Bauteil- bzw. Verwendungsart und davon abhängiger Sorgfalt beim Einbau mit Werten von 5 bis 40 N/mm² angegeben. Die Rohdichte liegt mit Werten von ca. 1,53 bis 2,59 kg/dm³ für luftgetrocknete Proben im Bereich heutigen Betons (2,0 bis 2,4 kg/dm³). ...

Insbesondere Wasserleitungen und Hafenmolen wurden mit dem opus caementicium hergestellt. Durch die Zugabe von puzzolanischen Stoffen wie Tuff, Vulkanasche oder Ziegelmehl wurde eine gewisse Widerstandsfähigkeit gegen Wasser erreicht. Große Teile (Fundament, Gewölbe und obere Innenwände) des Kolosseums in Rom bestehen aus opus caementicium.

(wiki)

EIN KLEINES RÖMERLAGER

"Was starrst du wieder in den Wald hinein, Audax Torcular? Überlegst du, ob man da nicht lieber abholzt und Wein anbaut?", lachte Arceus Durumus.
"Das sagst ausgerechnet du, Arceus? Du hast es doch gar nicht mehr so sehr mit dem Trunke!"
"Stimmt.", entgegnete dieser und setzte sich neben ihn. "Es gibt halt eben nichts, was wirklich allen gefällt! Aber was ist denn mit dem Puzzolanstück, mit dem Du da herumspielst, ist das nicht von der Tränke oben abgebrochen, Legionär?"
"Ja, so war es. Ich wollte es eigentlich vorhin wieder einpassen. Aber dann hörte ich, dass wir jetzt doch bald weiter ziehen."
"Vielleicht ist das besser so. Wir sind hier nur knapp eine Zenturie. Und der einzige Vorteil, den wir hier auf der Anhöhe haben, ist, dass wir die germanischen Barbaren früh kommen sehen können. Aber du scheinst mir wirklich etwas nachdenklich, oh kühner Torcular. Was ist los mit Dir?"
Audax warf seinem Freund und Kampfgefährten einen kurzen Blick zu.
"Weißt Du, mir gefällt es hier eigentlich wirklich ... Ich habe jetzt schon mehr als die Hälfte meiner 16 Jahre bei der Legion herum. Vielleicht überlebe ich auch den Rest noch. Und dann stelle ich mir vor, mich an so einem Ort wie dem hier nieder zu lassen."
Arceus lachte und erhob sich langsam. Theatralisch schwenkte er seine Arme.
"Aber doch nicht wirklich hier! So weit entfernt vom herrlichen Rom und seinen unfehlbaren Gesetzgebern! In dieser Wildnis!"
Audax grinste. Arceus loses Mundwerk würde ihn irgendwann sicher noch in Schwierigkeiten bringen.
"Favete linguis! Hütet Eure Zungen! So heißt es doch mein Freund, oder? Aber - schöne Hügel, ein Bach im Tal und ein großer Wald. Was brauche ich da noch viele Gesetze und Kommandos, da hast du Recht."
"Nun also. Dann tue das später doch! Gründe dein eigenes Rom, auf diesem Hügel. Und dann werde ich allen deinen entsprechenden Ruhm verkünden!"
Nun grinsten beide vor sich hin.
Auch Audax erhob sich nun. Er wog den recht massiven Puzzolanabbruch in den Händen.
"Klar," antwortete er, "genau das mache ich. Und schau - genau dort werde ich mein erstes parva domus erbauen!"
Er holte aus zu einem großen Wurf und schleuderte das Stück mit Kraft in den Wald hinein ein kleines Stück den Hügel hinunter. Da es vor Kurzem geregnet hatte, versank es ein Stück im leicht matschigen Waldboden, zwischen dem Wurzelwerk eines jungen Baumes.
Lachend wandten sich die beiden nun ab und machten sich auf, zurück ins Lager.
Am nächsten Tag brach denn auch die Zenturie auf in Richtung Rhenus, dem großen Fluss entgegen.

* * *

DAS HARZBRENNEN (*)

Der Morgen war voller dunstigem Neben hier unten auf der Geiswiese zwischen Teufelsbach und Blattbach, im ganz eigenen vom Walde umschlossenen „Zweistromland". In den Tälern der Bäume hatte sich jener Nebel verfangen und er weigerte sich, den Kampf gegen die morgendliche Herbstsonne so leicht aufzugeben. Andreas waren diese nahezu mystischen Tagesanbrüche nur allzu vertraut: Wenn sich in diesem dunklen Wald, in seinen Hügeln und Tälern der weiße Schleier gespenstisch und mit dieser einzigartigen Schwere in all seiner Leichtigkeit zeigte, waren die wärmeren Tage gezählt. Der Winter kam schnell in den Pfälzerwald und es galt nun, die Herbstzeit noch zu nutzen. Er zog die Morgenluft tief in sich ein, ganz so als könnte sie ihm mehr Leben verleihen, als ihm vergönnt sein sollte. Doch vielleicht tat sie das auch; aber an diesem Morgen wusste Andreas nichts von seinem Leben, das fast ein Jahrhundert währen sollte. Wie hätte er dies auch ahnen oder gar erwarten können? Tatsächlich füllte die frische Waldluft seine Lungen in diesem Augenblick mit neuer Kraft für den Tag. Eine Kraft, die er immer brauchen konnte. Also stapfte Andreas zielstrebig durch das feuchte Gras. Die Stille des Waldes, die keine wirkliche Stille war, sondern stets dieses Rascheln in der Ferne in sich trug, in der all die Stimmen der Tiere beheimatet waren, welche sich irgendwo um ihn herum befanden, beruhigte ihn seit er klein war. Diese unstille Stille, das Schweigen, das kein Schweigen war, aber eben auch kein Reden, kein Drängen, kein Hetzen und kein Kämpfen, fühlte sich so unbeschreiblich richtig an. Jetzt folgte er im Anbruch des Tages dem brenzligen Geruch, der sich über die Wiese gelegt hat. Ein Geruch, den Andreas kaum noch aus dem Kopf bekommen konnte. Selbst wenn er fern seines Pechmeilers am Helmbach war, roch er den schwelenden Brand, ganz so, als habe sich dieser Geruch selbst fest in sein Gedächtnis eingebrannt.
Bald schon hatte er den Meiler erreicht. Um den Ofen herum hatte er einen großen Platz geschaffen, sodass im Falle eines Falles möglichst keinerlei Feuer auf umliegende Gegenstände oder gar seine Hütte übergreifen konnte. Diese stand weit entfernt, zum Schutz vor manchem Wetter gezimmert, ein kleiner Unterschlupf für die Zeit des Harzbrennens. Auch das gesammelte Holz, nahezu auschließlich Äste, Wurzeln und schlechte Stämme von Kiefern, lagerte mit ausreichendem Sicherheitsabstand zum Brandherd. Als Andreas den Meiler begutachtete, war nun auch sicher, was er vermutet hatte: Die Zeit seiner »Ernte« war gekommen: der Harzfluß würde beginnen, etwa vier Tage später dann der Schwarzwasserfluß.
In den vergangenen Tagen hatte er die innere Glocke des Ofens mit Kienholz gefüllt und gut abgedichtet, das Feuer in der äußeren Glocke entfacht und aufmerksam überwacht. Er hatte aufgepasst, dass das Feuer nicht erstarb und dass es nicht zu lodernd brannte. Er hatte es vorbereitet, es entzündet, es gehegt und gepflegt. Jetzt endlich konnte er das Pech aus der Blechwanne durch schmale Rinnen in bereitgestellte Tröge ablaufen lassen. Das Pech, das ihm und seiner noch so jungen Familie den Lebensunterhalt sicherte. Vorsichtig schritt Andreas um den Erdhügel, auf dem der doppelwandige Kuppelofen aus Lehmziegen errichtet worden war. Die entstandene Kohle im Innern des Ofens roch hier direkt vorm Pechmeiler noch intensiver und abermals fragte sich Andreas, ob er jemals in seinem Leben wieder würde die Welt ohne diesen kokeligen Geruch wahrnehmen können. Ja, er kannte die frischen Quellen des Pfälzerwaldes fernab seines

Pechmeilers, er kannte die reine Luft oben auf den Hügeln; trotzdem begleitete ihn der Duft des Harzbrenners, wohin er auch ging. Kurz musste der sonst so ernste Andreas über sich selbst schmunzeln. Waren das wirklich Gedanken, die er sich beim Ausräumen des Pechmeilers machen sollte? Vielmehr sollte er sich auf seine Arbeit konzentrieren. Schließlich musste getan werden, was eben getan werden musste, damit der Zyklus wieder von neuem beginnen konnte. Irgendwann einmal würde er Söhne haben, die zu ihm auf die Wiese kommen konnten, um das Ausräumen des Ofens gemeinsam zu bewältigen. Die Holzkohle musste geschaufelt, die gefüllten Tröge gelagert werden. Letztere mussten überdies auch verladen werden, aber dafür kamen noch andere Tage. Außerdem war der Meiler, wenn der erste Schritt bewältigt war, neu zu bestücken. Das Feuer war anzufachen, damit ein neuer Pechkreislauf beginnen konnte. Zudem hatte Andreas sich für heute vorgenommen, am Rande der Wiese nach weiterem Astholz zu suchen. Es war schließlich immer gut, einen kleinen Vorrat zu haben, um den Meiler stets befüllen zu können. Kurz seufzte er; leichter wäre die Arbeit, kämen seine zukünftigen Söhne schon heute. Aber, auch darüber sann Andreas an diesem Morgen nach, wer konnte schon sagen, ob er dann, wenn die noch Ungeborenen zu Männern herangewachsen sein würden, noch immer als Harzbrenner nach Ästen suchen musste. Sein Blick glitt über die Hänge der Hügel um ihn herum; er wollte nicht immer hier verharren am Pechmeiler und tief in sich wusste er, dass auf ihn mehr wartete. Er beschaute die Bäume und abermals kreiste sein Denken nun um den Rohstoff, der ihm gegenwärtig den Lebensunterhalt sicherte. Ja, das Holz … hier in diesem Wald kam wohl niemand um das Holz herum. Kein Harzbrenner, kein Sägmüller, keine Glashütte, die ebenfalls das Feuer brauchte und auch kein Küchenherd. Die geschlagenen Stämme trifteten durch die Bäche und überall wuchsen die Bäume in den Himmel. Allerdings befanden sich die Menschen des Pfälzerwaldes keinesfalls in einem hölzernen Schlaraffenland; die Nutzung des Holzes war streng reglementiert und Andreas konnte nicht einfach eine Kiefer für seinen Meiler fällen. Aber die Äste und Zweige, gefundene Wurzeln und die schadhaften Stämme: diese durfte er sich nehmen. Und eben dies ~~hatte er für heute~~ noch vor.
Jedoch unterbrachen herannahende Schritte die Geräuschkulisse des Waldes ebenso wie Andreas' Gedanken und Arbeit. Er wandte sich um. Trotz der herbstlichen Frische hier unten auf der nebeligen Wiese hatten sich Schweißperlen auf seiner Stirn gebildet: Die Arbeit am ~~abkühlenden~~ Meiler war immer auch eine schweißtreibende.

»Du bist heute sehr früh, Michael«, sagte Andreas, als der herankommende Mann zu erkennen war.
»Ja, der Weg zu dir war noch sehr dunkel«, bestätigte der Mann namens Michael, »doch nach Möglichkeit will ich dich heute mehr als einmal besuchen.«
Andreas wischte sich den Schweiß von der Stirn und packte einen der gefüllten Tröge an, um ihn vom Meiler fortzuschaffen. Michael folgte Andreas und dieser fragte, den Trog tragend: »Hast du auch etwas für mich dabei?«
»Immer doch«, lächelte Michael, »flüssig oder fest?«
Andreas musste tatsächlich lachen, dann antwortete er: »So früh am Morgen ist mir der Groschen lieber als der Schnaps!«
Und nachdem der Harzbrenner Andreas den Trog abgestellt hatte, der Köhler

Michael ihm den Groschen überreicht hatte, deutete Andreas auf die gelagerten Kohlen an seinem kleinen Unterstand.

»So viel du selbst tragen kannst; noch kannst du dir ein paar Säcke holen«, meinte er nahezu gönnerhaft, obwohl beide wussten, dass es eine Schufterei war, die Kohlesäcke an den Waldrand aus eigener Kraft zu schleppen, um sie dann fürs eigene Handwerk zu gebrauchen. Ein leichter Sack bedeutete immer auch, einen teuren Sack. Also mühte Michael sich mit einer möglichst schweren Last, die er sich in den Sack lud, um viele Kohlen für seinen Groschen zu erhalten. Doch wie Andreas war Michael die Arbeit mit den Händen gewohnt und er beschwerte sich nicht. Stattdessen lächelte er über Andreas' Bemerkung, wohlwissend, dass auch Andreas die Schufterei kannte. Andreas wiederum wusste nicht, ob er mit Michael tauschen wollte und während er darüber nachsann, packten die schwarzgefärbten Hände des Köhlers den zuvor gefüllten Sack und schulterten ihn. Sein Gesicht ließ die Last auf seinem Rücken erahnen, doch beklagte Michael sich nicht.

Stattdessen brach er eilig auf: Er hatte wie Andreas einen arbeitsreichen Tag vor sich. Auch Andreas musste zusehen, dass er sich um seinen Meiler kümmerte, um bald wieder ein Feuer entfachen zu können.

Also machten sich beide Männer wieder an ihr Tagwerk. Michael stapfte über die Geiswiese, die Morgensonne drängte den Nebel mittlerweile in die letzten versteckten Winkel der Täler und Andreas schritt zunächst zu seinem kleinen Holzlager, um sich einen Überblick über seine Vorräte zu verschaffen. Es war tatsächlich notwendig, Kiefernholz aufzuklauben und es führte zu nichts, die Arbeiten warten zu lassen: Erst das Pech, dann die Kohle, dann das Holz. Es versprach, ein langer Tag zu werden. Noch konnte Andreas auch nicht abschätzen, ob er sich nicht zu viel vorgenommen hatte; das sollte dann der Abend zeigen.

* * *

(*) = Dieses kleine Kapitel entstand in enger Kooperation mit einer Ghostwriterin. Doch wir wußten seinerzeit beide noch nicht detailliert genug Bescheid über den genauen Ablauf des Brennens. Das ergab Fehler in der Schilderung der Arbeitsschritte.

Richtig und gut eingefangen und geschildert wurde aber einerseits die Atmosphäre am Brennofen sowie auch die Zusammenarbeit der Harzbrenner mit den Köhlern. Diese ist so historisch auch überliefert.

Der wirkliche Ablauf des Brennens und "Erntens" beschreibt sich folgendermaßen: 24 Stunden nach dem Anzünden geht Harzöl ab. Mit Wasser durchsetzt erfolgt danach der eigentliche Harzfluss. Dieser dauerte etwa vier Tage. Schließlich fließt noch "Schwarzwasser" ab, das in einem eisernen Kessel zu Pech eingekocht wurde. Die Brenndauer betrug etwa vier bis sechsTage, die Überwachung musste Tag und Nacht erfolgen.

* * *

Harzbrennen lexikalisch

Das Harzen ist eine im 19. und 20. Jahrhundert weitgehend verschwundene handwerkliche Tätigkeit, die teils als eigenständiger Beruf, teils zur Gewinnung eines Zubrots als Nebenbeschäftigung ausgeübt wurde. Harz wurde als Rohstoff zur Herstellung von Pech, Teer und Terpentin benötigt.
Das Pech war vielbegehrt zum Verdichten der Fässer, zu Beleuchtungszwecken, und auch die zurückbleibenden "Griefen" wurden noch zu Nachtlichtern verwendet.

Begrifflichkeiten

Neben Harzer sind auch die Bezeichnungen Harzbrenner (Pfalz), Pecher (Niederösterreich), Pechler, Pechsieder, Harzeinsammler und Harzscharrer gebräuchlich gewesen.

Von Alters her weit verbreitet ist das Harzen von Kiefern in Form der Lebendharzung. Durch Entfernen einiger Rinde am Stamm und durch Einschnitte im darunter liegenden Holz wird der Baum verletzt, das ablaufende Harz wird aufgefangen, gesammelt und weiterverarbeitet.

Zur Ertragssteigerung wurden auch Schwelöfen (im Pfälzerwald: Harzöfen) verwendet, mit deren Hilfe die Holzrohstoffe (harzhaltiges Kienholz) in einem Pyrolyse-Verfahren zu Harz und Pech verarbeitet wurde. Die Harzbrennerei wurde zum Teil stark reglementiert, um Holzfrevel zu unterbinden.

Eine weitere Schilderung des konkreten Ablaufes, angelehnt an Otto Feyock (2004):

Die Harzöfen wurden für die Harzgewinnung gebaut und finden sich unter anderem auf Gebieten um Kaiserslautern (insbesondere Landstuhler Bruch, Bad Dürkheim und Elmstein). Erste Nachweise finden sich ab 1657. Nach einem vorliegenden Bericht von Alois Schäfer aus Weilerbach hatten die Harzöfen oft folgendes Aussehen: Auf dem Fundament von ca. 2,70 m Durchmesser war eine doppelwandige Glocke aufgemauert. Die innere Glocke aus Ziegelsteinen war etwa 15 cm und die äußere Glocke aus Sandsteinen etwa 1 m stark. Die Höhe des Ofens betrug etwa 3 m. Zwischen den beiden Glocken befanden sich Feuergänge in etwa gleicher Stärke wie die inner Glockenwand. Im Abstand von ca. 1 m befanden sich rund um die äußere Glocke ca. 8 Heiz- oder Schürlöcher in der Größe von 60 x 45 cm."

War die innere Glocke mit Kienholz gefüllt und gut abgedichtet, wurden die Feuer in der äußeren Glocke entfacht. Die Hitze staute sich in dem Zwischenraum der beiden Glocken, konnte durch die dicke Außenwand nicht entweichen und drang durch die dünne Wand in die innere Glocke. Durch die starke Hitze schmolz der Kien.

24 Stunden nach dem Anzünden geht Harzöl ab. Mit Wasser durchsetzt erfolgt danach der eigentliche Harzfluss. Dieser dauerte etwa 4 Tage. Schließlich fließt

noch "Schwarzwasser" ab, das in einem eisernen Kessel zu Pech eingekocht
wurde. Die Brenndauer betrug etwa 4 - 6 Tage, die Überwachung musste Tag und
Nacht erfolgen.

Eine Harz- / Pechgewinnung in Öfen war aber nur möglich, wo es Kiefernbestände
gab. Die Stöcke der gefällten Kiefern, in denen sich der Kien erst nach der Fällung
anreicherte, lieferte das begehrte Kienholz. Unter großer Mühe wurden die Stöcke
ausgegraben. So ist es nicht verwunderlich, dass gerade in den Wäldern um
Elmstein, wo es sicherlich große Mengen an Kienholz gab, viele Harzöfen in
Betrieb waren. Die Harz- bzw. Pechsiederei war eine einträgliche Tätigkeit.

Die fortschreitende industrielle Entwicklung war dann das Ende dieser natürlichen
Harzgewinnung.

Harz und Pech war früher ein wertvolles Produkt. Die Erbauer von Schiffen, der
Küfer zum Abdichten der Fässer, die Wagenschmiere war mit Fett angereichertes
Pech, der Schmied hat die Wisenteile mit "Schmiedepech" behandelt, der
Schuhmacher zog den Nähfaden durch Harzteile, der Sattler benutzte Pech für das
"Geriem" der Zugpferde und -ochsen, die Treibriemen in der Industrie wurden mit
Pech behandelt, Segelzeug, Seile, Taue, selbst Schuhe, Peckfackeln usw. Überall
hat man "Pech" gebraucht.

Und heute? Da will ja keiner mehr "Pech haben".

* * * * * * *

Ein Harzofen

Frühling 1789

Angenehme Wärme herrschte nun bereits auf den Waldpfaden hinauf zum Geisskopf. Andreas
wanderte hier oft und gern. Immerhin hatte er große Pläne mit diesem Waldstück, mit diesem Land.
Unabhängiger sein von den Dörflern und der Obrigkeit, selbst etwas gestalten nach eigenem
Gutdünken, das waren seine Antriebsfedern. Und auch die Verbundenheit mit dem Wald und der
Natur.
Bereits nahe dem Gipfel des Hügels ließ Andreas Bügler sich dann doch noch einmal zur Rast
nieder. Der Jüngste war er tatsächlich nicht mehr, das musste er auch vor sich selber zugeben.
Wenn es gelang noch in diesem Sommer den Erbbestand auf dem Geisskopf vom herzoglichen
Haus Zweibrücken zu ersteigern, würde ein alter Traum von ihm wahr werden.
Er plante dann schon bald danach den Bestand an zwei seiner getreuesten Söhne zu übertragen, an
Konrad und Sebastian.
Aber das würde nur eine Formalität sein. Solange er lebte würde seine Autorität von allen anerkannt
werden, da war er sich sicher.
Am Fuße eines Baumes ließ er sich nieder und brachte seine Gedanken einen Moment lang zur
Ruhe. Nur so konnte man wirklich die laue Luft, das leise Säuseln des Windes, das Rascheln der
Blätter und die Geräusche und den Geruch des Waldes in sich aufnehmen und sich eins damit
fühlen.
Es wäre dem gestandenen Harzbrenner wohl nie in den Sinn gekommen, dies in solche Worte zu
kleiden, zumal anderen Menschen gegenüber nicht. Aber das war das, was er empfand.
Etwas gedankenverloren und mehr automatisch prüfte Andreas dann nebenher das Wurzelwerk des
Baumes unter dem er rastete. Ja, es würde sich eignen für einen Harzbrand, nicht perfekt, aber
durchaus brauchbar ...
Nun, die Zeiten des Brennens, die der Geisswiese würden bald vorbei sein. Nun ging es höher
hinauf. Auf den Hügel, den Geisskopf. Dort hatte man andere Möglichkeiten für den
Lebensunterhalt der eigenen Gemeinschaft zu sorgen ...
Doch was war das? Das war ein ungewöhnlicher Stein, der da aus dem Geflecht der Wurzeln ragte.
Natürlich wusste Andreas nicht, dass dieser längliche, harte Stein schon seit Jahrhunderten dort lag,
mal tiefer eingesunken, mal freigelegt von Wind und Regenströmen, bewegt von der Natur, doch
beständig und klar in seiner Form.
Er zog den Stein heraus und betrachtete ihn näher. Eine Sensation war so ein Fund nicht - aber
selten schon.
Deutlich härter und schwerer war er, als der sonst so verbreitete Rote Sandstein im Pfälzer Wald.
Und - er sah bearbeitet aus. Doch wer sollte das getan haben, wann und warum? Andreas gab diese
Gedanken auf. Aber der Stein gefiel ihm. Er sah irgendwie ... nützlich aus. Und ungewöhnlich. Eine
gewisse Klarheit und Festigkeit ging von ihm aus. Das gefiel ihm.
Andreas steckte den Stein ein und erhob sich, bereit für die letzten Meter den Hügel hinauf.
Dort verweilte er dann eine ganze Weile. Er, der Mann, den man nicht viel später den "Alten vom
Berg" nennen würde.

* * * * * * *

Gehen

Im feuchten Tau
des neuen, jungen Morgens
bekomme ich kalte Füße
- manchmal -
wenn ich, barfuß
zu weit gehe
auf frischen Wiesen
doch
solange Gras ist
unter
meinen Füßen -
solange ich spüren kann,
gehe ich voran in der Wärme
der aufgehenden Sonne.

B. Tomm-Bub

Gauch, Horambel, Ritterstein

Weitere Begriffe kurz erklärt.

Gauch

Dieser Artikel befasst sich mit Gauch als einen veralteten Namen für den Kuckuck. Für weitere Bedeutungen siehe Gauch (Begriffsklärung).

Gauch ist ein seit dem 8. Jahrhundert belegter Name für den seit dem 13. Jahrhundert meist Kuckuck genannten Vogel. Der Plural ist Gäuche.

Wohl weil der Kuckuck wegen seines eintönigen Rufs als töricht galt, bezeichnete das Wort im übertragenen Sinn auch einen Narren, insbesondere einen von der Liebe geblendeten Menschen.

Im Mittelalter wurden auch Gaukler und sonstiges Fahrendes Volk so bezeichnet, zuweilen abschätzig im Sinne von Spitzbube. Zeugnisse davon finden sich u.a. auf sogenannten Fratzensteinen, die zur Abwehr dieser Leute an den Stadttoren angebracht waren. Im Heimatmuseum Bergen-Enkheim befindet sich ein Original aus Sandstein, auf dem ein Gaukler mit einer eulenspiegelartigen Kopfbedeckung ein Spruchband hält, mit dem Text: „far du gauch 1479".

Wegen des bekannten Brutschmarotzertums wurde die Bezeichnung Gauch wie das heutige Kuckuckskind eingesetzt, so im Nibelungenlied: "Sollen wir Gäuche ziehen?" ("Sollen wir Kuckuckskinder großziehen?")

Als Gauchblume wurde auch das im Volksmund als Kuckucksblume bekannte Wiesenschaumkraut bezeichnet.

Ebenso ist Gauch ein deutscher Nachname, den es schon länger als 600 Jahre gibt. Hauptsächlich stammt der Nachname Gauch aus der Pfalz, der sich aber dann auf die ganze Welt verbreitete.

Horambel und anderer Spuk

Lange war es ruhig um den Geisskopf. Nur in den dienstinternen
Forsteinrichtungswerken für das Forstamt Elmstein-Süd waren die Ruinen auf
dem Geißkopf immer wieder genannt, so beispielsweise auch 1930.

In der engsten Umgebung wußte man noch etwas davon, aber man wußte
nichts Genaues. Hinter vorgehaltener Hand munkelte man von seltsamen
Erscheinungen und Sachverhalten. Von einer gewissen „Horambel" erzählte
man sich, von jener struppigen schrecklichen Alten vom Geißkopf, mit der
man die Kinder das Fürchten lehrte. Und von deren Nachbarn, dem „mit de
blecherne Rotznas' aus de Hä(n)gräd" dem mit der blechernen Rotznase aus
der Haingeraide. Schließlich war in diesem Zusammenhang immer auch von
einem vorsätzlich falschen Prozeßbericht die Rede, mit dem die
Geißkopfbauern getäuscht und zum Verkauf bewogen worden sein sollen.
Später soll daher auch der letzte betrogene Hauptbesitzer des Hofes dann
dort gespukt haben.

Roland Betsch hat 1939 den Geißkopf und die großen Waldbrände dort,
wenn auch beiläufig, in seinen Roman "Ballade am Strom" verwoben.

Die Sage weiß zu erzählen von der gefürchteten Hoorrambel. In
Gestalt eines verwilderten weiblichen Wesens ging ein Spuk als
Schreckgespenst auf dem Geißkopf und in den Wäldern dort um.

Auch der Geißkopfbauer, der den langwierigen Rechtsstreit mit
dem Staat geführt hatte und nach einer arglistigen Täuschung
über den Verlauf des Prozesses durch einen Forstbeamten seinen
Hof voreilig verkauft hat, soll der Sage nach allnächtlich am Platz
seiner ehemaligen Behausung erscheinen.

RITTERSTEINE

Als Ritterstein werden Marken aus Sandstein bezeichnet, die im Pfälzerwald, einem Mittelgebirge in Rheinland-Pfalz, mit eingemeißelten Inschriften auf geschichtlich oder naturkundlich bemerkenswerte Örtlichkeiten hinweisen. Teilweise wurden zu diesem Zweck eigens Findlinge aufgestellt, teilweise auch vor Ort vorhandene Felsen oder Mauern genutzt, um die Informationen anzubringen.

Kennzeichen der Rittersteine sind ein kurzer Text samt dem Kürzel „PWV" für den Pfälzerwald-Verein, der die Steine aufstellt und betreut. Benannt sind sie nach Forstdirektor Karl Albrecht von Ritter (1836–1917), dem Gründungsvorsitzenden des PWV, der sich Anfang des 20. Jahrhunderts um die Aufstellung verdient machte.

Ritterstein 186:
R. Geiskopferhof Siedlung. Auf dem Geißkopf zwischen Erdbirnkopf und Hofberg. Kaum noch sichtbare Ruinen von fünf Wohnhäusern. 1852 untergegangene Waldbauernsiedlung südlich von Iggelbach.
...
Es gibt aktuell wohl um die 300 Rittersteine, darunter auch etwa zehn verschollene.

2. Ritterstein Nr. 186 -- 3. Auf dem Geißkopf, zwischen Erdbirnkopf und Hofberg. Das Bergmassiv wird eingerahmt von drei Tälern. Im westlichen Tal fließt der Geißbach, im nördlichen der Helmbach und im östlichen der Grobsbach. -- 4. Meßtischblatt 6613 Elmstein Rechts 3421 960 Hoch 5464 520 -- 5. Bedeutungsgruppe b.

Text der Tafel neben dem Ritterstein

"WALDBAUERNSIEDLUNG GEISSKOPF
(Name Geiss ist abgeleitet von Gauch = Kuckuck)

Um 1770 Vermutlich hier erstes Wohnhaus

1789
Andreas Bügler, 88jährig seit 1740 Harzbrenner bei der Geißwiese, ersteigert
den Erbbestand Geißkopferhof vorn herzoglichen Haus Zweibrücken

1790 Erbbestand geht auf die Bügler-Söhne Konrad und Sebastian über
gegen Zahlung von jährlich 200 Gulden und 6 Malter Korn an die Vogtei
Annweiler.

um 1795
Geißkopfbauern geraten in harte Mitleidenschaft infolge der Kriegswirren
durch die zurückziehenden französischen Truppen.

1797 Andreas Bügler stirbt hier.

1809 Sebastian Bügler verkauft seinen Hofanteil je zur Hälfte an seinen
Bruder Heinrich und Andreas Heidinger, Bürger zu Iggelbach

1814 Bayern wird in der Pfalz Rechtsnachfolger der Fürstenhäuser

1816 / 1817 Hungersnöte erleiden die mehr als 40 Bewohner auf dem
Geißkopf; infolge anhaltender Regenfälle verfaulen die Kartoffeln und
anderen Erzeugnisse des Bodens

Bis 1845 Viele Rechtsstreitigkeiten u. a. um Rodungen. Holzrechte und
Pachtzins-Rückstände sowie die kargen Ergebnisse der Landwirtschaft
erschweren das Leben der auf 72 Seelen angewachsenen 11 Familien (mit
65 Stück Vieh) zunehmend.

1846 Die Geißkopfbauern entschließen sich zum Verkauf des Hofgutes an
den Staat Bayern für 24 000 Gulden Die Bewohner übersiedeln in die
umliegenden Dörfer.

1852 Die letzten Bewohner verlassen die Siedlung. Die verlassenen Bauten
werden abgerissen, die Flächen aufgeforstet."

P.S.:
Die Herleitung "Geiss von Gauch" bezeichnen andere Professoren als falsch.

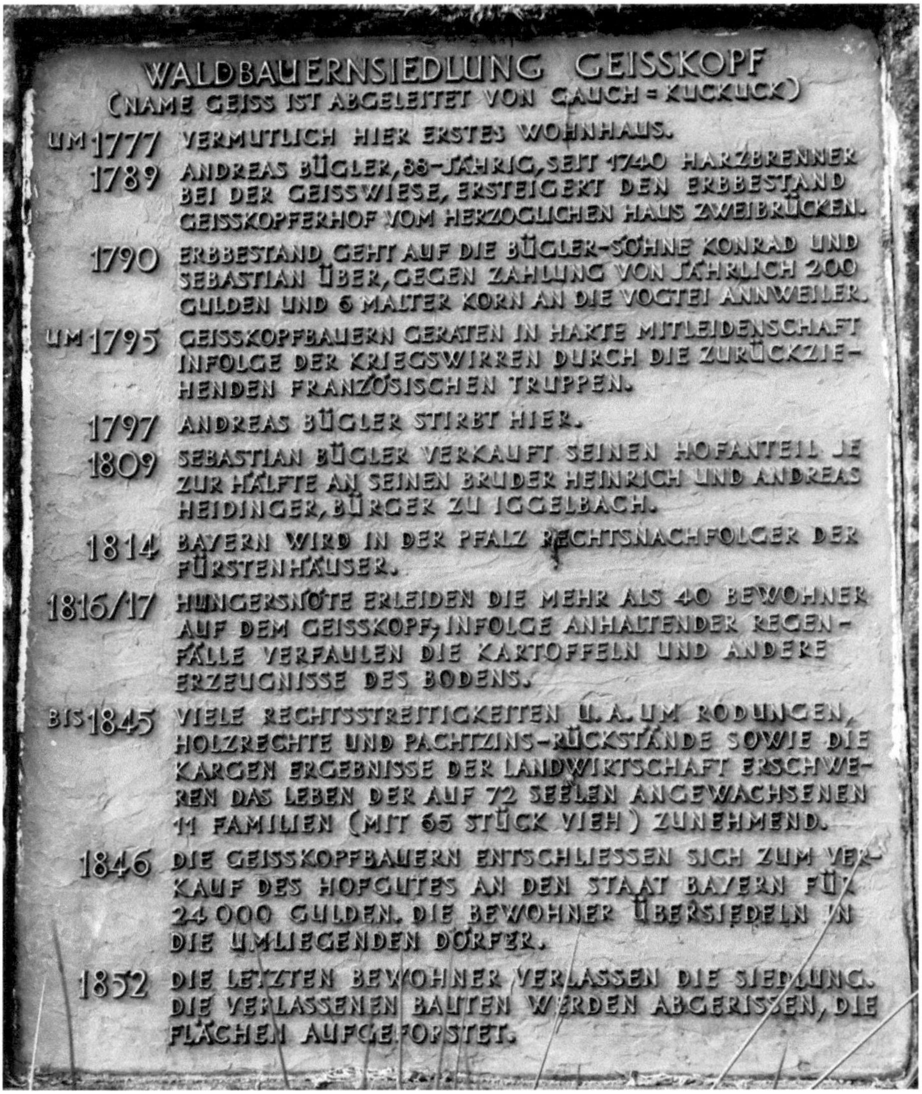

WALDBAUERNSIEDLUNG GEISSKOPF
(NAME GEISS IST ABGELEITET VON GAUCH = KUCKUCK)

UM 1777 VERMUTLICH HIER ERSTES WOHNHAUS.

1789 ANDREAS BÜGLER, 88-JÄHRIG, SEIT 1740 HARZBRENNER BEI DER GEISSWIESE, ERSTEIGERT DEN ERBBESTAND GEISSKOPFERHOF VOM HERZOGLICHEN HAUS ZWEIBRÜCKEN.

1790 ERBBESTAND GEHT AUF DIE BÜGLER-SÖHNE KONRAD UND SEBASTIAN ÜBER, GEGEN ZAHLUNG VON JÄHRLICH 200 GULDEN UND 6 MALTER KORN AN DIE VOGTEI ANNWEILER.

UM 1795 GEISSKOPFBAUERN GERATEN IN HARTE MITLEIDENSCHAFT INFOLGE DER KRIEGSWIRREN DURCH DIE ZURÜCKZIEHENDEN FRANZÖSISCHEN TRUPPEN.

1797 ANDREAS BÜGLER STIRBT HIER.

1809 SEBASTIAN BÜGLER VERKAUFT SEINEN HOFANTEIL JE ZUR HÄLFTE AN SEINEN BRUDER HEINRICH UND ANDREAS HEIDINGER, BÜRGER ZU IGGELBACH.

1814 BAYERN WIRD IN DER PFALZ RECHTSNACHFOLGER DER FÜRSTENHÄUSER.

1816/17 HUNGERSNÖTE ERLEIDEN DIE MEHR ALS 40 BEWOHNER AUF DEM GEISSKOPF, INFOLGE ANHALTENDER REGEN-FÄLLE VERFAULEN DIE KARTOFFELN UND ANDERE ERZEUGNISSE DES BODENS.

BIS 1845 VIELE RECHTSSTREITIGKEITEN U. A. UM RODUNGEN, HOLZRECHTE UND PACHTZINS-RÜCKSTÄNDE SOWIE DIE KARGEN ERGEBNISSE DER LANDWIRTSCHAFT ERSCHWEREN DAS LEBEN DER AUF 72 SEELEN ANGEWACHSENEN 11 FAMILIEN (MIT 65 STÜCK VIEH) ZUNEHMEND.

1846 DIE GEISSKOPFBAUERN ENTSCHLIESSEN SICH ZUM VERKAUF DES HOFGUTES AN DEN STAAT BAYERN FÜR 24 000 GULDEN. DIE BEWOHNER ÜBERSIEDELN IN DIE UMLIEGENDEN DÖRFER.

1852 DIE LETZTEN BEWOHNER VERLASSEN DIE SIEDLUNG. DIE VERLASSENEN BAUTEN WERDEN ABGERISSEN, DIE FLÄCHEN AUFGEFORSTET.

Donald (John) Trump

Donald Trumps Großvater war 16 Jahre alt, als er 1885 einen Abschiedsbrief auf den Küchentisch legte und sein pfälzisches Heimatdorf Kallstadt verließ, in der Hoffnung auf ein besseres Leben in den Vereinigten Staaten. Auf der anderen Seite des Atlantiks machte Trumps Opa Friedrich Trump ein Vermögen - und begründete eine Dynastie, aus der dann ein Staatsoberhaupt der USA entsprang.

Kallstadt liegt nordwestlich von Elmstein, "über" Bad Dürkheim.

:::::::::::::::::::::::::::::::::
:::::::::::::::::::::::::::::::::

Ein Dialog in der Geiskopfsiedlung.

"Ah, da bist Du ja wieder. Was gibt es neues, unten im Dorf?"
"Nicht so viel, das übliche, Du weißt ja ... Ach, doch! Die Trump - die wollen wegziehen."
"Nicht schade drum, mir recht! Gute Menschen sind das nicht wirklich. Nicht klug - aber eingebildet. Und immer nur auf ihren Profit aus."
"Da hast Du wohl leider recht. Rauf nach Kallstadt wollen sie, noch hinter Bad Dürkheim. Da gäbe es für sie mehr zu verdienen."
"Gern so weit wie möglich. Ich mag sie nicht. Meinetwegen auch nach Übersee. - Haben die nicht erst vor einiger Zeit ihren ersten Sohn bekommen?"
"Ja, stimmt. Friedrich heißt er. Der älteste Sohn hieße bei ihnen immer Friedrich, haben sie erzählt."
"Die mit ihren Namensgeschichten ... heißt nicht einer von den Trumpbrüdern Donald Johannes?"
"Ja. Ein komischer Name."
"Egal, wir sind sie ja los, hier in der Gegend. Man wird sicher nicht mehr von Ihnen hören ...".

* * *

Etymologie Donald:

Wortzusammensetzung
dubno = die Welt (Keltisch); val = herrschen (Keltisch)

Bedeutung / Übersetzung: Herrscher der Welt

Mehr zur Namensbedeutung:
Anglizierte Form des schottisch-gälischen Namens 'Domhnall'.
Bekannt durch den mächtigen Clan der Macdonalds in Schottland.

NAMENSBEDEUTUNGEN

Andreas
Altgriechisch / Deutsch, Altgriechisch, Lateinisch - Neues Testament
» andreios = mannhaft, tapfer (Altgriechisch)

Einige seiner Söhne:

Konrad
Althochdeutsch / Deutsch, Skandinavisch, Polnisch - Zweigliedriger Name
» kuoni = kühn (Althochdeutsch) rat = der Rat, der Ratschlag, der Ratgeber
(Althochdeutsch)
Bedeutung / Übersetzung:
alter deutscher zweigliedriger Name, kann interpretiert werden als 'kühner
Ratgeber'; im Mittelalter einer der beliebtesten Vornamen in Deutschland, darum
verwendet in der Redensart 'Hinz und Kunz'
» der kühne Ratgeber

Sebastian
Männliche Vornamen für Jungen männlich Deutsch vom Namen 'Sebastianos', der
auf den Namen der griechischen Stadt 'Sebaste' in Kleinasien zurückgeht; der
Name der Stadt bestand in Anlehnung an lateinisch 'augustus' = 'erhaben', so
benannt zu Ehren eines römischen Kaisers
"edel", "aristokratisch".

Heinrich:
Althochdeutsch / Deutsch - Zweigliedriger Name
» heima = das Heim, die Heimat, die Heimstatt (Althochdeutsch);
rihhi = reich, mächtig, die Macht, die Herrschaft, der Herrscher (Althochdeutsch)
Bedeutung / Übersetzung:
alter deutscher zweigliedriger Name; bereits im Mittelalter einer der beliebtesten
deutschen Vornamen; Name zahlreicher Herzöge, Könige und Kaiser
» Herrscher des Heims
» der vielsprechnende /der wasserfall

Valentin:
Lateinisch / Deutsch, Französisch, Russisch - Römischer Beiname
» valens = gesund, stark, kräftig (Lateinisch)
Bedeutung / Übersetzung:
ursprünglich ein römischer Beiname bekannt durch die Verehrung des hl. Valentin
(3. Jh.)
» der Kräftige, der Starke
» der Glückliche

Leonhard:
Herkunft: Mischform aus dem Lateinischen und Althochdeutschen.
Bedeutung: leo (lateinisch) = „Löwe" und harti (althochdeutsch) = „hart; stark".

Die Hofruine Geisskopf
(angelehnt an Wikipedia)

Daten

Ort   Elmstein
Bauherr   Leininger Grafen, Pfalz-Zweibrücken
Baustil   Waldbauernsiedlung
Baujahr   1744
Abriss   1852
Koordinaten   49° 18′ 45″ N, 7° 55′ 31″ OKoordinaten: 49° 18′ 45″ N, 7° 55′ 31″ O | OSM
Hofruine Geißkopf (Rheinland-Pfalz)

Die Hofruine Geisskopf (auch Ruine Geiskopfhof, Geiskopferhof) ist eine untergegangene Waldbauernsiedlung südlich von Iggelbach (Gemeinde Elmstein).

Geschichte

…

1752 ging der Sägmühlbestand auf der Geiswiese zu Ende. Da aber immer noch kein Bewerber für den ganzen Geiskopf in Sicht war, erklärte sich der bisherige Betreiber der Sägmühle (Wendel Metzger) bereit, die Mühle so lange zu betreiben, bis ein Pächter für den Geiskopf gefunden sei.

Am 29. Mai 1759 stand der ganze Geiskopf in Flammen. Von den Gebäuden auf der Geiswiese blieb nur die Sägmühle vom Feuer verschont. Man vermutete, dass Holzdiebe das Feuer ausgelöst hätten. Aufgrund dieses Ereignisses entschloss sich die gemeinschaftliche Herrschaft Leiningen-Zweibrücken nun endgültig, den Geiskopf in Erbbestand zu geben. Zunächst wurde jedoch am 16. März 1770 der Sägmühlbestand auf der Geiswiese erneut versteigert. Leonhard Bügler, Sohn des etwa seit 1740 auf der Geiswiese ansässigen Andreas Bügler, übernahm die Sägmühle, das nach dem Waldbrand notdürftig instand gesetzte Wohnhaus sowie Äcker und Wiesen. Da mit der inzwischen einsturzgefährdeten und baufällig gewordenen Sägmühle nichts mehr zu verdienen war, wurde ihm 1772 erlaubt, sie zu einer kleinen Scheune umzubauen. Die Kosten in Höhe von 111 Gulden wurden von den herrschaftlichen Besitzern übernommen. Weiterhin wurde Bügler das Harzbrennen auf dem Geiskopf erlaubt.

Ab Februar 1777 gab es zwei neue Bewerber – Michael Matz und Konrad Schäfer, beide aus Rinnthal – für die Geiswiese. Ein Vertrag auf 12 Jahre wurde mit den beiden abgeschlossen. In dieser Zeit wurde wahrscheinlich das erste Wohnhaus auf dem Geiskopf errichtet und mit der Rodung des

Waldes begonnen. Vermutlich wohnte einer der Pächter schon auf dem Geiskopf. Nach Ende der Pachtzeit 1789 sind beide Bewerber wieder abgewandert.

Am 23. Juni 1789 wurde der Geiskopf zum ersten Mal in Erbbestand gegeben. Da im gleichen Jahr der Temporalbestand an der Geiswiese abgelaufen war, wurde er dem Erbbestand auf dem Geiskopf zugeschlagen. Ersteigerer war der 88-jährige **Andreas Bügler**, der damit sein lang ersehntes Ziel – Erbpächter auf dem Geiskopf zu sein – erreicht hatte. Nun galt es für seine Söhne und deren Nachkommen, den Hof zu erhalten und womöglich zu erweitern. Bügler hatte im östlich angrenzenden Grobsbachtal schon einige Äcker und Wiesen in einer Talweitung anlegen lassen. Um 1795 entstand dort der Hornesselwieserhof (250 m ü. NN) als Siedlungsplatz, der bis heute in abgeänderter Form als Waldgaststätte „Stilles Tal" noch Bestand hat. Andreas Bügler starb auf dem Geiskopf am 29. August 1797 im Alter von 96 Jahren.

Ebenfalls im Jahr 1789 brach die *Französische Revolution* aus. Französische Truppen besetzten in den folgenden Jahren die gesamte Pfalz, Adel und Geistlichkeit verloren ihre Besitzungen. Schwere Kämpfe bei Johanniskreuz und am Schänzel zogen auch die Geiskopfbauern in starke Mitleidenschaft. Infolge der Kämpfe hatten die Hofbauern und ihre Leute schwere Belastungen zu ertragen, besonders am 13. Dezember 1795, beim Rückzug der Franzosen unter General Michel Reneauld. Nach dem Ersten Pariser Frieden von 1814 kam die Pfalz zu Bayern, die ehemals herrschaftlichen Wälder wurden Staatsforst. Die Waldbauernhöfe Geiskopf und Geiswiese verblieben den jeweiligen Besitzern.

Bedingt durch Missernten in den Jahren 1816 und 1817 folgte eine große Hungersnot. Auf dem Geiskopf lebten inzwischen über 40 Menschen, denen der Hunger schwer zugesetzt hatte und für deren Ernährung das vorhandene Ackerland nicht ausreichte. Daher verlangten sie von der pfälzischen Regierung in Speyer die Erfüllung der im Erbpachtvertrag verbrieften Rechte auf die Zuweisung von 180 bis 200 Morgen Land. Langjährige Prozesse folgten, die in einem Vergleich teilweise beendet wurden.

Gegen den vom Staat beabsichtigten Ankauf aller Güter sträubten sich die Hofbauern lange Zeit. Doch unter dem Druck der immer schlechteren wirtschaftlichen Verhältnisse kam es dann am 20. November 1845 zu dem Verkauf. Im Laufe des folgenden Jahres sind die meisten Geiskopfbewohner (inzwischen über 70 Personen) in die umliegenden Dörfer wie Elmstein, Appenthal, Iggelbach, Hofstätten, Rinnthal, Dernbach und Eußerthal verzogen. Die letzten Bewohner des Hofes folgten 1852. Durch die Forstbehörden wurden die Gebäude abgerissen und die gesamte Fläche wurde aufgeforstet.

In einer 1985 erschienenen Studie zu den ehemaligen Hofwüstungen im Pfälzerwald konnten Christoph Jentsch, Klaus Hünerfauth und Dieter Kreye erstmals detaillierte Ergebnisse auch über den Geiskopferhof vorlegen. Nach dem Urkataster von 1838 umfasste der damalige Erbbestand Geiskopferhof eine Fläche von 58,19 Tagewerk, die Fläche des Geiswieserhofes betrug 3,55 Tagewerk. Weiterhin wurden in Rekonstruktionsversuchen die Lage der Einzelgebäude sowie ein Lageplan des Geiskopferhofes erstellt.

Geographie

Mittlerer Pfälzerwald
Der Walddistrikt Geiskopf (467 m) liegt im Mittleren Pfälzerwald, im Biosphärenreservat Pfälzerwald-Vosges du Nord südlich des zur Gemeinde Elmstein gehörenden Walddorfes Iggelbach, zwischen dem Hofberg (371 m) im Norden, und dem Erdbirnkopf (506 m) im Süden, unmittelbar an der Grenze des Landkreises Bad Dürkheim und der kreisfreien Stadt Landau in der Pfalz.

Verkehr

Die Zufahrt zum ehemaligen Geiskopferhof erfolgt über die B 39 (Speyer – Kaiserslautern) bei Frankeneck auf die L 499 (Frankeneck – Johanniskreuz) bei Helmbach auf die K 51 (Helmbach – Helmbachweiher) ab Helmbachweiher auf die K 18 (Helmbachweiher – Waldgaststätte Stilles Tal) bei Waldgaststätte Hornesselswiese, weiter auf befestigter Forststraße bis zum Parkplatz Geiswiese.

Gewässer

Der Geiskopf ist von drei Bachläufen eingerahmt: im Westen von Teufels- und Geißbach (4,19 km), im Norden vom Helmbach (11,04 km) und im Osten vom Grobsbach (4,35 km).

Literatur

Arnold Ruby: Elmstein im Naturpark Pfälzerwald und seine Umgebung.
Werden und Vergehen der Waldbauernsiedlung auf dem Geiskopf.
Edeldruck, Lambrecht 1971.
Karl Heinz Himmler: Geißkopf. Geschichte einer untergegangenen
Waldbauernsiedlung bei Iggelbach. Ortsgemeinde und Verkehrsverein
Elmstein, Elmstein 1991.
Walter Eitelmann: Rittersteine im Pfälzerwald. Eine steinerne
Geschichtsschreibung Pfälzerwald-Verein, Neustadt 1998, ISBN 3-00-
003544-3.
Christoph Jentsch, Klaus Hünerfauth, Dieter Kreye: Die Höfe im oberen
Helmbachtal. Sonderdruck aus: Berichte zur deutschen Landeskunde, Heft 2,
Jahrgang 1989.
Klaus Hünerfauth: Der Geiskopferhof bei Iggelbach. In: Mitgliederzeitschrift
des Pfälzerwald-Vereins, Nummer 3/1996.
Nur alte Steine erinnern noch an vergessenen Hof. In: Mittelhaardter
Rundschau, Nr. 195 vom 25. August 1986.

Kategorien: Wüstung in Rheinland-Pfalz / Bauwerk im Pfälzerwald / Bauwerk
im Landkreis Bad Dürkheim / Elmstein

Persönliche Vorstellung von Andreas Bügler

Andreas Bügler
So könnte er vielleicht gewesen sein.

Mittelgroß, eher schlank, ein Mann der eine Idee hat, der etwas bestimmtes will.
Einen "Traum"? Dieses Wort würde er selbst so wohl nie aussprechen ...
Eine gewisse beharrliche Sturheit zeichnet ihn aus, die aber nicht fortwährend
sichtbar sein muss.
Seine Arbeit erledigt er fleißig und korrekt, doch ohne Pedanterie.
Er liebt die Natur und besonders den Wald sehr, macht aber auch hiervon nicht
viele Worte. Er möchte seine Pflicht tun, für die ihm nahestehenden Menschen
(seine Kinder), aber unabhängig, ja frei sein.
Der Obrigkeit steht er innerlich eher skeptisch gegenüber, lässt aber auch dies eher
selten und nicht mit revolutionären Parolen durchblicken.
Er will seine Ruhe haben, um die Dinge so tun zu können, wie er es will, ohne dass
ihm jemand drein redet.
Er ist leidensfähig, aber keineswegs gefühllos. Mit Armen und unschuldig Verfolg-
ten hat er viel Mitgefühl, kann aber auch stolz auf selbst geschaffenes sein.
Religiös oder gar kirchlich ist er nicht unbedingt gesonnen, auch hier ist er innerlich
skeptisch.
Halb glaubt er an Zeichen und Symbole. Die herrliche Natur, das Flüstern des
Windes in den Baumwipfeln und die Einzigartigkeit und Vielfalt des Lebens im
Walde, sowie der unendliche nächtliche Sternenhimmel sagen ihm, "dass da noch
etwas sein muss". Bigott oder abergläubisch ist er aber, wie gesagt, nicht.

Kleidung, Gepflegtheit, usw. sind durchschnittlich - den damaligen
Lebensumständen entsprechend also nicht besonders gut.
....
Namensbedeutung "Andreas": Tapfer, Mannhaft.
....

Sein Leben vor der Siedlung

Andreas war von Jugend an Harzbrenner.
Etwas suchendes lag in seinem Wesen, eine merkwürdige Unruhe, die aber nicht
unbedingt stark nach Außen hin sichtbar wurde. Ein wenig äußerte sich dies aber
durch berufliche Veränderungen, die er im Laufe der Jahre immer wieder einmal
vornahm.
Seine erste Heirat erfolgte, Kinder wurden geboren. Überraschenderweise fand
Andreas durchaus Gefallen daran, etwas ruhiger wurde er und bemühter seine
Pflichten zu erfüllen. Doch ein Rest des "Suchenden" blieb untergründig bestehen.
Seine erste Frau stirbt. Ein kleinerer Ortswechsel findet statt. Andreas hatte sich ihn
gewünscht und er trat dann sogar ohne sein Zutun durch äußere Umstände ein.
Doch ein Harzbrenner bleibt er!
Andreas Bügler heiratet dann seine zweite Frau, weitere Kinder werden geboren.
Dies scheint nun eine Art Fortsetzung seines vorherigen Lebens zu sein.
Doch das zuvor geschehene war in gewisser Weise eine Art innerer Bruch.
Die alte Unruhe kommt, in etwas veränderter Form, wieder in ihm auf ...

Heimstatt

Nur im Herbst
lichten sich die Nebel

wird goldgelber Morgen
nach feuchtkalter Nacht
bricht die Sonne
durch die dunklen Schwaden
verliert sich Dunkelheit
in morgendlicher Dämmerung,
mischt sich das Grün der Bäume
mit goldenen, braunen, violetten
und roten Tönen.
Und ich erlebe
den immerwährenden Wechsel
von Kühle und Wärme
der erst ein ganzes Leben macht ...
Lass` mich wohnen
im Haus des Herbstes!

B. Tomm-Bub

Verborgenes Zeugnis und Kleinod pfälzischer Kulturgeschichte

- Angelehnt an einen Artikel der Wormser Zeitung 2018 -

Nur zu Fuß dringen Interessierte zur ehemaligen Siedlung vor, die in einem Seitental des Elmsteiner Tals liegt. Start und Ziel der Wanderstrecke sind an der Waldschänke Hornesselwiese. Die neue Hinweistafel gibt Informationen zur ehemaligen Siedlung.

Ein verborgenes Zeugnis und Kleinod der pfälzischen Kulturgeschichte hoch im Wald südlich von Elmstein-Iggelbach sollte wieder ins Bewusstsein gerückt werden: Zum „Ritterstein Nr. 186" mit dem orthografisch unkorrekt eingemeißelten Hinweis „Geisskopferhof" gesellt sich auf dem 390 Meter hohen Geiskopf nun auch eine Hinweistafel mit Erklärungen zu den baulichen Resten einer untergegangenen Waldbauernsiedlung aus dem späten 18. und frühen 19. Jahrhundert. Einen Abstecher bei einer Wanderung von Iggelbach auf den Taubensuhl ist der einstige Weiler auf jeden Fall wert.

1852 gibt der letzte Bewohner auf

Mit etwas Fantasie kann man sich auf der kleinen, wieder aufgeforsteten Hochebene durchaus vorstellen, dass dort zwischen 1789 und 1852, als der letzte Bewohner aufgab und in eines der im Tal liegenden Dörfer zog, reges bäuerliches Treiben herrschte. Immerhin lebten auf der Hochfläche mitten im Pfälzerwald einmal **elf Familien mit 72 Menschen** – in fünf Gebäuden alle unter einem Dach mit ihrem Vieh. Von den Häusern ist kaum noch etwas sichtbar: Nur die spärlichen Grundmauern kann man noch erkennen oder den Standort von Brunnen und Viehtränke.

Die Grafen von Leiningen, denen der Wald südlich von Elmstein gehörte, verpachteten Ende des 18. Jahrhunderts auf dem Geiskopf, der früher „Gauchskopf" (Kuckuckskopf) hieß, Wald an landlose Untertanen – und das aus purem Eigennutz: Die Waldbauern sollten durch ihre Anwesenheit Waldfrevel wie Wilderei und Holzdiebstahl verhindern. Dafür erhielten sie weitgehend abgabenfrei rund 150 Morgen Wald, den sie durch Rodung in Acker- und Weideland umwandeln durften. Doch die Standortbedingungen waren nicht gut: Der Boden war karg und die raue Witterung in der windigen Höhenlage verhinderte meist ausreichende Ernteerträge. Hinzu kam, dass die Geiskopf-Siedlung weit abgelegen war: Kirche, Schule, Arzt – der mehr als sechs Kilometer lange Weg nach Elmstein und Iggelbach war weit und beschwerlich.

Hinzu kamen jahrelange Rechtsstreitigkeiten, weil die Bauern weitere Rodungen forderten, die man ihnen aber nicht gewähren wollte. So kam es, wie es kommen musste: Nach und nach wanderten die Siedler ab und 1846 waren die Einödgehöfte praktisch wieder verlassen. Im Tal hielten sich nur der 1795 angelegte Hornesselwieserhof (heute Gasthaus „Stilles Tal") und ein Kilometer talabwärts ein Gehöft, das heute als Ausflugsgaststätte „Hornesselwiese" eine Attraktion ist.

Kurios: Obwohl von der einstigen Geiskopf-Siedlung auf der Hochebene kaum noch etwas zu sehen ist, kennt man viele Namen der früheren Bewohner. So war Andreas Bügler der älteste Waldbauer auf dem Geiskopf – er starb am 29. August 1797 im Alter von 96 Jahren. Einer der ersten Pächter der Grafen von Leiningen war 1732 Friedrich Zeiß aus Albersweiler, der im Tal auf der heutigen Geiswiese eine Sägmühle baute und auch Ackerbau und Viehzucht betrieb. Namen wie Bügler, Heubel oder Kramm sind noch heute im Elmsteiner Tal und in der Umgebung ein Begriff – die Vorfahren wohnten alle einmal auf dem Geiskopf.

Zum Geiskopf und seinen baulichen Resten der Waldbauern-siedlung kommt man nur zu Fuß. Mit dem Auto fährt man über das Elmsteiner Tal vorbei am Helmbachweiher über die K 16 zur Hornesselwiese. Dort führt eine einigermaßen gut befestigte Waldstraße zur Geiswiese, wo man parken und über einen Wanderweg in einer Viertelstunde zum Geiskopf hochsteigen kann.

* * * * * *

INFOS (nach diversen Quellen im Internet)

Geisskopfer Hof, Sägemühle:

Wüstung bei Iggelbach (OT von Elmstein), VG Lambrecht, Lk Bad Dürkheim; das Gebiet der ehemaligen "Unteren Frankwiese" stand ursprünglich den Grafen von Leiningen zu. Der 1740 errichtete Hof war Gemeinschaftsbesitz der Grafschaft Leiningen-Heidesheim und dem Herzogtum Zweibrücken. Durch Vertrag von 1785 fiel der Bezirk Geißkopf vollständig an das Herzogtum Zweibrücken und gehörte zum Oberamt Bergzabern, Gemeinde Wilgartswiesen. Die Sägmühle bestand zu dieser Zeit jedoch schon länger, nämlich seit 1732. Sie befand sich im Tal unterhalb des Geisskopfer Hofes, auf der sog. Geisweise.
Im folgenden Vertrag war vorgesehen, daß nach Ablauf des Pachtzeitraums über die Sägmühle der Pachtvertrag mit dem bisherigen Pächter nicht verlängert werden sollte, sondern dem künftigen Pächter des Geißkopfer Hofes zugeschlagen werden sollte. Grund für diese Maßnahmen waren befürchtete Nachteile bei der Wiesenbewässerung der oberhalb der Sägmühle befindlichen Wiesen oder umgekehrt Betriebsstörungen der Sägmühle durch Wassermangel infolge der Wiesenbewässerung.
 Als der vorherige Temporalbestand 1789 endete, übernahm Andreas Bügler den Hof und Mühle in Erbbestand. Schließlich waren sowohl auf dem Geißkopf als auch auf der, aus dem Sägmühlenbestand hervorgegangenen sog. Geißwiese zwei Höfe entstanden. Den Geißkopferhof vererbte Andreas Büchler an seine Söhne Sebastian und Konrad Büchler, die Geißwiese übernahm der Schwiegersohn Adam Heubel.
Im Urkataster von Elmstein 1839 wird auf dem Geiskopferhof eine Mühle nicht mehr genannt. 1845 kaufte der bayrische Staat den „Geiskopferhof" auf, ließ ihn abreißen und die Fläche aufforsten.

Literatur/Urkunden:
- LA Speyer Best. B2 Nr. 376/6: Die von Leiningen in der Gemeinschaft Falkenburg einseitig errichtete Sägemühle, 1750-1766
- LA Speyer Best. B2 Nr. 1279/4: „Geiskopfer Sägemühle bei Rinnthal, 1761"
- LA Speyer Best. C26 (Grafschaft Leiningen-Hardenburg) Nr. 316: Geiskopfer Sägmühle in den Frankenweiden, 1732-1761
- o.A.: Der Geißkopferhof, nichtveröffentlicher maschinenschriftlicher Aufsatz bei PRFK Ludwigshafen

....

GEOCACHE / Koordinaten

Die Hofruine Geisskopf
Nähere Infos zu dieser ehemaligen Waldbauernsiedlung findet man auf dieser Tafel hier:
 N49° 18,744' E07° 55,509'
....

Wie erging es den Siedler*innen?
Obrigkeit und Aufgabe

1789, im Jahr der französischen Revolution, begann die Geschichte der Waldbauernsiedlung auf dem Geiskopf.
1843 hatte die Obrigkeit verstärkt die Sorge, dass den Gemeinden ringsum Schäden durch die Viehhaltung der Geißköpfer entstehen würde. Auch wäre zu befürchten, dass die zahlreichen Kinder ohne Schul- und Kirchenunterricht nicht gut heranwachsen und schon in frühester Jugend an das Herumtreiben im Wald gewöhnt, sich ihren Unterhalt durch alle möglichen Waldexzesse zu verschaffen versuchen würden.
Mittlerweile lebten 11 Familien mit über 70 Personen in der Siedlung. Wohl könne man durch Vermehrung des Schutzpersonals und durch drastische Strafen eine Zeitlang Ordnung halten, aber endlich würde auch der Zeitpunkt eintreten, wo die Forststrafen an diesen Leuten wirkungslos vorübergehen und sie es als Wohltat betrachteten, wenn sie als Forstfrevler eingesteckt und ernährt werden.
Das Verhältnis zwischen der Obrigkeit und den Bewohnern hatte sich auch zuvor im Laufe der Jahre immer wieder einmal schwierig gestaltete. Dies belegt auch ein Vorkommnis, bei dem vom Forstamt zu Ungunsten des Geiskopfes entschieden wurde.
Dagegen wurde aber sogleich Berufung beim Appellationsgericht Zweibrücken eingelegt, welches entschied, daß das Forstamt Elmstein erneut mit den Erbbeständern verhandeln solle. Das geschah auch, und weil die Hofbauern auf der zustehenden Morgenzahl beharrten, wurde von den Forstbeamten die fehlende Fläche auf dem Plateau des Berges abgesteckt.
Eine Kommission begab sich sodann auf den Geißkopf und erklärte sich vor den Berechtigten zur Abtretung bereit, wenn diese auf die sonstigen Ansprüche verzichten.
Heinrich Bügler war bereit, den Vergleich anzunehmen, wenn ihm auch das auszustockende Holz zur freien Verfügung überlassen würde.
Valentin lehnte ab.
Ihm wurde bedeutet, daß er auch mittels eines langwierigen und kostspieligen Prozesses nicht mehr erreichen könne, als ihm auf gütlichem Wege geboten werde. Selbst als sich Amtsvorstand Linck im November 1833 auf den Geißkopf begab und Valentin Bügler in den strittigen Distrikt, ganz in der Nähe seines Hofes, bestellte, um an Ort und Stelle eine Klärung herbeizuführen, erschien dieser nicht. Er ließ ausrichten, daß er sich `dermalen nicht vom Dreschen entfernen könne'.
:-)

Schließlich wurde der Vergleich aber auch von Valentin Bügler
angenommen.
Gutes und Schlechtes ergab sich auch aus anderen Ursachen.
Im Laufe des Jahres 1789, dem Jahr der Übernahme des Geißkopfes
durch zunächst Andreas und dann Konrad und Sebastian Bügler, brach
in Frankreich die Revolution aus, und mit Windeseile verbreiteten sich
die Ideen der Freiheit, Gleichheit und Brüderlichkeit auch hierzulande.
Französische Truppen folgten bald nach und besetzten die ganze Pfalz.
Die schweren Kämpfe bei Johanniskreuz und am Schänzel zogen auch
die Geißkopfbauern in Mitleidenschaft, besonders am 13. Dezember
1795 beim Rückzug der Franzosen unter General Reneauld über
Iggelbach - Geißkopf zum Saukopf und nach Leimen.
Infolge der hin- und herwogenden Kämpfe hatten die Hofbauern und
ihre Leute unter den Übergriffen durchziehender Soldaten zu leiden und
durch Fuhrleistungen, Schanzarbeiten, Ablieferung von Vieh und
Geflügel, Heu, Stroh, Butter, Käse, Eier u. a. schwere Belastungen zu
erdulden. Bis 1814 blieb die Pfalz französisch. Adel und Geistlichkeit
verloren ihre Besitzungen. Diese wurden als Nationalgut öffentlich
versteigert. Viele Bauern, soweit sie früher leibeigen waren, erhielten die
Freiheit und den gutsherrlichen Besitz als Eigentum.
Doch später wurde es besser.
So hieß es zur Geißkopfhöhe während der Franzosenzeit 1792 - 1814,
dass bei der Tüchtigkeit der Bergbauern dort ein bescheidener
Wohlstand geherrscht zu haben schien. Jedenfalls drehte man sich in
Iggelbach nach den Frauen vom Geißkopf um, wenn sie auf ihrem
sonntäglichen Kirchgang in Lederschuhen und mit Spitzenhauben
durchs Dorf kamen, wo es außer Holzschuhen nichts für die eigenen
Füße gab.
Ab 1843 hatte die Obrigkeit dann aber genug!

Jedoch stellte sich heraus, dass es nunmehr sehr schwierig geworden
war, mit den Pächtern und sonstigen Ansiedlern wegen einem Kauf zu
verhandeln, da sie ihre Forderungen sehr hoch stellen und zumal ihnen
in den Revieren Weyher und Eußerthal von diesen Gemeinden der
Weidegang gestattet worden war, sowie das Recht, ihren Streubedarf in
den Gemeindewäldern zu holen.

Was die Hofbauern dennoch veranlaßte, ihren schwer umkämpften
Besitz aufzugeben und die ihnen zur Heimat gewordene Scholle zu
verlassen, scheint selbst unter Berücksichtigung der bestehenden
mißlichen wirtschaftlichen Verhältnisse letztlich unerklärbar.

Eine allgemein verbreitete mündliche Überlieferung, die von den Nachkommen der Hofbauern und auch von alten Dorfbewohnern der Umgebung hartnäckig vertreten wird, besagt, daß ausschlaggebend für den Verkauf die arglistige Mitteilung eines Forstbeamten gewesen sei, die Geißkopfer hätten den Prozeß verloren und sie könnten sich nur durch den sofortigen Verkauf ihrer Höfe vor größerem Schaden bewahren.

Wie dem auch sei, jedenfalls erschienen im Mai 1845 nacheinander die derzeitigen Hofbesitzer Andreas Bügler (Nachkomme, geboren 1804), Maria Elisabetha, die Witwe des verstorbenen Andreas Heidinger und Magdalena, die Witwe des Theobald Kramm auf dein Forstamt Elmstein und boten ihren Besitz zum Verkauf an. Nach langer Überlegung folgte am 1. Juni 1845 schließlich auch Valentin Bügler. Jeder Teilnehmer verlangte für sein Viertel 6 000 Gulden, das waren insgesamt 24 000 Gulden allein für den Geißkopf. Die Regierung der Pfalz zeigte sich bereit, in Kaufverhandlungen einzutreten und schickte eine Kommission.
...
Die Regierung versuchte nun, die Kaufsumme von 24 000 Gulden herabzuhandeln. Die Hofbauern gaben jedoch nicht nach, und der Verkauf schien zu scheitern. Deshalb berichtete das Forstamt Elmstein nach Speyer, "daß unter 24 000 Gulden dieser Krebsschaden nicht beseitigt werden kann, was freilich eine große Summe ist, die aber später vielleicht gern zur Beseitigung dieser Verhältnisse ausgegeben würde, wenn noch eine Möglichkeit vorhanden wäre, ein bis dahin entstandenes Dorf, das zahlreich und bevölkert ist, damit entfernen zu können". Nach langem Zögern stimmte die Regierung der Pfalz zu.
...
Noch im Laufe des Jahres 1846 verzogen die meisten Geißkopfbewohner in die umliegenden Dörfer Iggelbach, Elmstein, Appenthal, Hofstätten, Eußertal, Dernbach, Rinnthal u. a. Orte, die letzten 1852. Die Forstbehörde ließ die stehengebliebenen Gebäude niederreißen und die gesamte Fläche aufforsten.

Nachkommen der Waldbauernsiedler*innen sind aber bis ins 21. Jahrhundert direkt nachweisbar, so hinsichtlich des nicht weit entfernten Betriebes "Gasthaus und Pension Zum Stillen Tal" und bei der "Waldgaststätte Hornesselswiese".

Und - wie schon erwähnt. Es soll dort spuken, droben beim Geißkopf.
Von der "Ho(o)rambel", der "Weißen Frau", hier aber mit wirrem Haar, ist
da die Rede.
Und vom letzten, betrogenen Besitzer des Geißkopferhofes.
Nach dem was wir über ihn wissen, muss hiermit wohl Valentin Bügler
gemeint sein ... :-)
Vielleicht aber, wer weiß, schaut ja gar der "Alte vom Berg", der
Gründervater Andreas Bügler selbst um Mitternacht zuweilen hier vorbei
...
Wer einmal an einem nicht zu heißen und sonnigen Tag dort spazieren
geht und dann auch jegliches äußere und innere Geschwätz einfach mal
eine Zeitlang "abschaltet" - wird es für möglich halten!
Mir persönlich ist es so ergangen, als ich zum ersten Mal dort war.
Ohne eine entsprechende Information oder Erwartung nahm ich
plötzlich eine seltsame Stimmung wahr. Etwas lag in der Luft. Ein wenig
entfernt wischte ein Schatten fort. Kein Mensch. Ein Fuchs oder etwas
ähnliches wohl. Stille. Selbst die üblichen Geräusche des Waldes
schienen gedämpft. Wie von irgendetwas fasziniert, dass ich aber nicht
greifen konnte, glitt ich mehr vorwärts, als zu gehen.
Etwas später und einige Meter weiter legte sich diese seltsame
Empfindung wieder – dies jedoch nicht, ohne eine gewisse Irritation
zurück zu lassen.
Ich denke, an diesem Tag des vorigen Jahrtausends begann ich, dieses
Buch hier zu schreiben ...

* ENDE *

FOTOS

ROLAND
BETSCH

Ballade
am Strom

Geißkopf

Geschichte einer untergegangenen

Walter Eitelmann

Rittersteine
Pfälzerwald

Die Burg Elmstein ist die Ruine einer hochmittelalterlichen Spornburg auf einem 290 Meter hohen Bergsporn an der nördlichen Seite des Speyerbachtales im Pfälzerwald über dem Ort Elmstein im Landkreis Bad Dürkheim in Rheinland-Pfalz. Vermutlich wurde die Burganlage noch vor dem 13. Jahrhundert als pfalzgräfliche Burg zur Sicherung des Talweges erbaut. Die Lehensleute hatten das Amt der Schenken inne. Die Burg war in kurpfälzischem Besitz. 1689 kommt es im pfälzischen Erbfolgekrieg zur endgültigen Zerstörung, danach ist die Burg in Privatbesitz übergegangen. (wiki)

Iggelbach heute

HARZER

Le tour de la France par deux enfants, par George Bruno, manuel scolaire, édition de 1904.

Französischer Harzer von Gustave de Galard (1779-1841), gemeinfrei.

Harzofen (Schwelofen) Schnitt-Modell/Nachbau (Elmstein)

Hofruine Geiskopf   402 Höhe (m) über NN

R. GEISSKOPFERHOF
P. W.

Die Tafel

So ähnlich könnte es gewesen sein

Die schwersten Steine sind die,
die man sich selbst in den Weg legt.

Aus Steinen können Stufen werden.

Zufriedenheit ist der Stein der Weisen,
der alles in Gold verwandelt das er berührt.

✳ ✳ ✳

Schlusswort

Ich bedanke mich bei allen Menschen, die mich den Hügel hinauf
begleitet haben!
Sei es über eine kürzere, oder auch längere Strecke.
Denen die mich dabei behindert haben, danke ich durchaus ebenfalls.
Auch durch sie habe ich gelernt.

Geht es um den konkreten Hügel, den Geißkopf: danke ich
insbesondere der Ortsgemeinde Elmstein, für die seinerzeitige
freundliche Überlassung der Schrift

„Geißkopf - Geschichte einer untergegangenen
Waldbauern-Siedlung bei Iggelbach".

Dies ist für alle, die den Mut haben neue Wege zu gehen.
Und für die, die diesen noch sammeln: zur Ermutigung!

MfG
Burkhard Tomm-Bub, M. A.

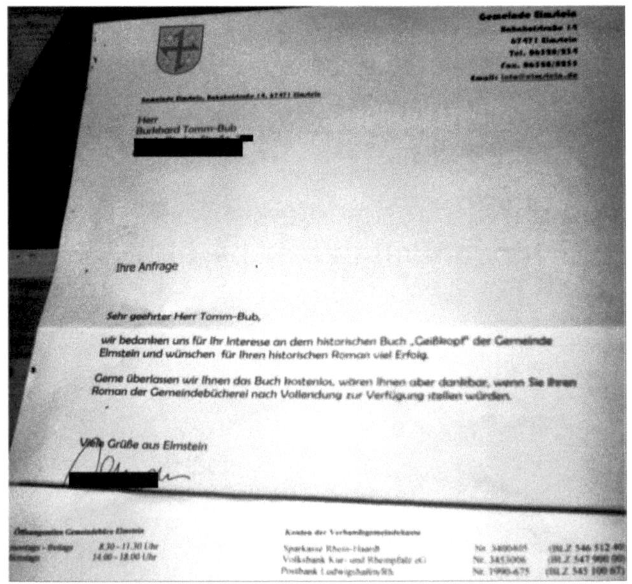

Weitere Bücher des Autors:

Geringe Mitnahme-Effekte!
Ein fiktiver Jobcenter-Krimi vom EX-
Fallmanager

Burkhard Tomm-Bub, M. A.

Verlag: Books on Demand
Erscheinungsdatum: 27.05.2019

3,99 € Buch
inkl. MwSt. /
portofrei
sofort verfügbar

**HANDBUCH WIDERSTAND gegen
HARTZ IV**
Rat vom EX-Fallmanager

Burkhard Tomm-Bub, M. A.

Verlag: Books on Demand
Erscheinungsdatum: 04.01.2019

5,49 € Buch
inkl. MwSt. /
portofrei
sofort verfügbar

2,99 € E-Book
inkl. MwSt.
sofort lieferbar als
Download

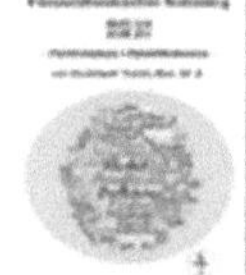

**Pan(en)theistischer Notizblog
NUR ICH NUR DU**
- Pantheismus / Panentheismus -

Burkhard Tomm-Bub

Verlag: Books on Demand
Erscheinungsdatum: 10.05.2019

3,99 € Buch
inkl. MwSt. /
portofrei
sofort verfügbar

D_ebakel B_odenlos
Zügige Satiren - bahnhafte Erlebnisse

Burkhard Tomm-Bub

Verlag: Books on Demand
Erscheinungsdatum: 08.05.2019

4,99 € Buch
inkl. MwSt. /
portofrei
sofort verfügbar

2,49 € E-Book
inkl. MwSt.
sofort lieferbar als
Download

**Hartz IV - die ethische
Katastrophe - Fakten vom E(...)**
-Blogberichte gegen das Unrecht-

Burkhard Tomm-Bub

Verlag: Books on Demand
Erscheinungsdatum: 10.12.2018

8,99 € Buch
inkl. MwSt. /
portofrei
sofort verfügbar

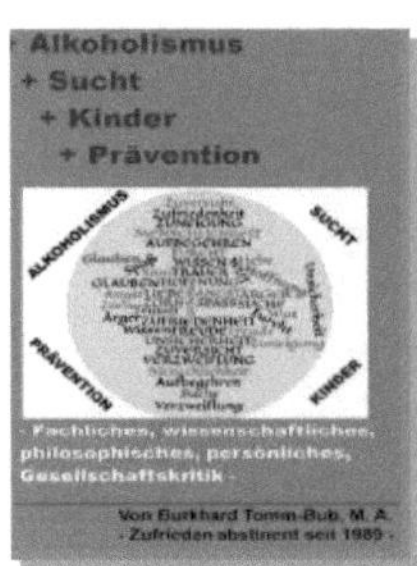

Alkoholismus - Sucht - Kinder - Prävention

-Fachliches, wissenschaftliches, philosophisches, persö(...)

Burkhard Tomm-Bub, M. A.

11,99 € Buch

inkl. MwSt. / portofrei
sofort verfügbar

Verlag: Books on Demand
Erscheinungsdatum: 03.03.2021

Hartz IV: das Urteil -Der Kampf geht weiter!

Ein ExistenzMINIMUM kann man nicht kürzen

Burkhard Tomm-Bub, M. A.

Paperback
92 Seiten
ISBN-13: 9783750421783
Verlag: Books on Demand
Erscheinungsdatum: 22.11.2019
Sprache: Deutsch
Farbe: Nein

★ ★ ★ ★ ★ 0 Bewertungen

erhältlich als:

BUCH 4,49 €   E-BOOK 3,49 €

NEU

Cyberspace Extended - VR - virtual reality -

Der Comic

11,49 € Buch

inkl. MwSt. / portofrei
sofort verfügbar

Burkhard Tomm-Bub

Verlag: Books on Demand
Erscheinungsdatum: 05.03.2021

23 Elemente

Verständliche Lyrik komplett im QR-Code

3,99 € Buch

inkl. MwSt. / portofrei
sofort verfügbar

Burkhard Tomm-Bub

0,99 € E-Book

inkl. MwSt.
sofort lieferbar als Download

Verlag: Books on Demand
Erscheinungsdatum: 21.06.2019

IMPRESSUM

IMPRESSUM

Autor des Buches ist

Burkhard Tomm-Bub, M.A.
67063 Ludwigshafen
Jakob-Binder-Strasse 22
Mail: ogma1@t-online.de

Quellen (Texte & Fotos):
Jeweils im Text angegeben / eigene Aufnahmen.

Herstellung und Verlag:
BoD - Books on Demand,
Norderstedt

Titelbild angelehnt an ein Gemäldes des dänischen
Malers Michael Peter Ancher (1849 - 1927).

ISBN: 9783753460512

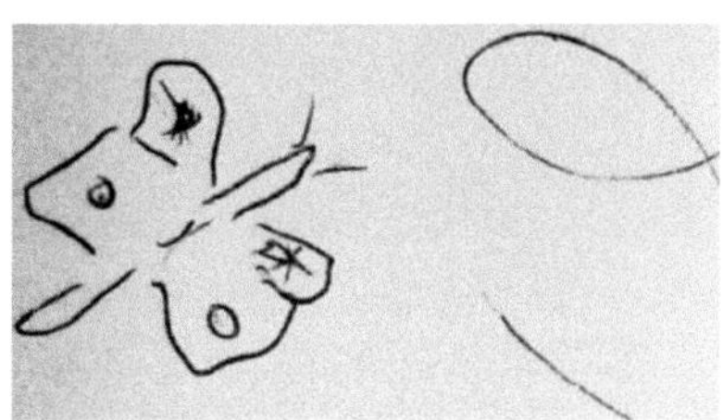